新读
DUZHE

心悦读，新视界

把自己活成一束光

因为你不知道

谁会借着你的光

走出了黑暗

——泰戈尔《用生命影响生命》

赵安之 / 著

读者出版社

图书在版编目（CIP）数据

活成一束光 / 赵安之著. -- 兰州 ：读者出版社，
2024. 9（2025. 5重印）. -- ISBN 978-7-5527-0829-5

Ⅰ. I267

中国国家版本馆CIP数据核字第2024RB8947号

活成一束光

赵安之 著

责任编辑 张 远
装帧设计 雷们起
封面绘画 珍妮吴JW

出版发行 读者出版社
地 址 兰州市城关区读者大道568号（730030）
邮 箱 readerpress@163.com
电 话 0931-2131529（编辑部） 0931-2131507（发行部）

印 刷 兰州人民印刷厂
规 格 开本880毫米×1230毫米 1/32
印张 7.5 插页 2 字数 137 千
版 次 2024年9月第1版
2025年5月第2次印刷
书 号 ISBN 978-7-5527-0829-5
定 价 49. 00元

目录

诗与远方

读书有用

偶成 "网红"

　　没有人可以一战成名，因为所有的爆发，都是厚积薄发，都要在岁月最深处，历经千锤百炼。我没有想到自己会因一些不经意的文字成为"网红"，并且因论文致谢、典礼发言、求学经历、职业规划等系列文章而持续着热度。这超出了文字本身和我的预见，带来了非同凡响的力量。我将这些所谓的"爆款"文章收录在一起，愿它能成为一道光。

可怜无数山

回首望过去，可怜无数山。

我从2005年18岁离开故乡，负笈远游，至今35岁博士毕业，整整17年时间过去。其间参加过7次研究生考试、3次博士论文答辩，最终完成了草学学士、农业硕士、法律硕士、经济学博士等阶段的学习。也曾因学业一度中断，在基层担任村支书，在多家农业企业打工，曲折废弛难以尽述。

学历只是经历的一部分，并不必然代表什么。任何层面上的探索都是难能可贵的，即便有些经历被视为失败、无用，但也绝不意味着这些堂吉诃德式的挣扎过程就不重要、没有意义。恰是因为风雨雕琢和岁月打磨，人生才能活出该有的样子。一个人知道自己为什么而活，就能忍受任何一种生活。

漫漫旅途中，总有一些重要节点，必须站出来总结，才显得庄严肃穆。

一

1987 年，我出生在甘肃老家半山腰的一个窑洞里，祖父等老一辈人为了躲避兵祸和盗匪，往往在山野深处钻穴而居。20 世纪 80 年代末，改革开放的春风尚未能吹拂到这些山壑峁梁，基础设施和公共服务的落后，超乎今天的孩子们的想象。没有通电、没有水源、没有取暖设备，前往中心乡镇的卫生所，要套着牛车走大半天的山路。

一个新生生命的成长，除了要给予乳品、粮食之外，必然要匹配最基本的医疗条件。爷爷奶奶抱着这个小生命，在那个缺衣少食的年代，是怎样挨过一个个酷暑严寒，以及用怎样的土方子来惊险地应对婴儿的头疼脑热、感冒发烧？老爷爷和老奶奶，点着煤油灯，在漆黑的窑洞里，颤颤巍巍地抚慰着这个嗷嗷待哺、彻夜啼哭的婴孩。每每想到这样的一些画面，我都会泪水决堤。

三岁时奶奶去世，我还完全不能记事，到今天也没人能告诉我她的模样。我又被送到舅舅家，由外婆照料直至六岁，外公教我在墙上歪歪斜斜地学写自己的名字，这算是最早的启蒙。七岁时，老家的爷爷去世，没人知道他与我分开后所经历的饥寒与孤独，我回到老家奔丧，但完全不懂生死究竟为何物。

二

六岁后，我搬到了几十里之外的乡镇，在当年那个不足百米的乡镇街道，我得以"大开眼界"。今天看来，这个令人啼笑皆非的"惊艳"转型，我父亲却是穷尽了他的社会资源，才让一个出生多年的生命得以公开面见这荒唐人间。

我在这个小镇里读完了小学、初中和高中，接受了当地"最好"的教育。父母和老师反复地告诉弱不禁风的我"只有读书才能改变命运"。虽然今天看来，但凡以"只有"开头的命题，大多都不见得正确，而且数十年无愧内心、不负韶华的求索，今天所能改变的依然是如此有限。但在那个一无所有的年代、一无所知的年龄，那些"错的知识"，却是唯一"对的方式"。

我十八岁告别乡镇，前往省城兰州上大学。走在拥挤的大城市，分不清东西，看不懂红绿灯，不会乘坐公共交通工具，连运用城市语言与他人交流都费劲不已，进到楼宇里因没有见过电梯而找不到上楼的入口。入学之后，更不知同学们所说的"百度"和"QQ"究竟为何物。但是，当我第一次站到黄河铁桥上，看到滚滚天河毕竟东去，回望无数岁月和山川，依然激荡起少年胸中的无限慷慨。

三年后，故乡传来父亲病逝的消息。回望来时路，从村里到乡镇，共有二十多里地，父亲用了一生才走完。给我办了城镇户口，奋力托举我上大学，完成这两件事就耗尽了他的所有。后来，我常想起他的种种执念，想起与他的许多争吵，想到他最后的恐惧与绝望；还想到，他没能等到我成家，没能抱一抱小孙女，看到小家伙长得像我又像他。每一次想起这些，我都止不住奔涌的泪水。

我此生不负他人，唯独对不起父亲的养育之恩。只能祈求众神能保佑父亲，来生得以健康长寿、子孙满堂。转眼十四年过去，坟头荒草绿了一遍又一遍，每次来祭祀，我都怕他看到我满面尘灰的样子，纵使相逢应不识，"君埋泉下泥销骨，我寄人间雪满头"。

三

2009 年，大学毕业后，我考研不第，跟随民工潮南下广州打工，因长期居住黑暗的握手楼和胶囊屋，造成了不小的心理疾患，奉劝后来者不宜模仿。一边风餐露宿，一边屡试不第，无法再返校园，大好青春与天赋岂容如此虚掷？珠水汤汤，人海茫茫，谁会购买这一腔才情与梦想？我经历过很多次失败，但从来都没有像那个时候，那样地切肤、蚀骨和无助。

后在母亲的召唤下，我回到老家的基层政府上班。知遇时任城关镇党委一把手的李四科书记，他见我做事勤谨、为人忠诚，便力排众议，任命当时只有 24 岁，且入职只有三个月的我，担任五里沟村党支部第一书记，并在半年后命我转任祁川村党支部书记、村合作社理事长，自此开启了一段对我后来产生深远影响的基层实践。这段经历重塑了我认识这个社会的价值体系。

三年任期里，我将自己曾在书本上学到的西方经济和政治哲学，结合本土的地方性知识，在这个应用场景当中展开试验，成败得失都整理在了处女作《祁村奋斗：一个村支书的中国梦》当中，出版后经由《中国青年报》《法制日报》(今《法治日报》)、《民主与法制时报》等媒体报道而进入公众视野。我曾在该书的后记中写道："这一切的一切，对我个人而言，无所谓有意义，也无所谓无意义。思考的积习与写作的自觉，促成了这本不成熟的作品，算是对宝贵青春的交代。如果有一天两鬓华发，重拾这部年轻而充满瑕疵的作品，就如同遇见了当年不完美的自己，我将为那份勇敢、坚韧、执着、壮怀激烈，感动得泪流满面。"

在基层官场，无论开展工作、输出成果，还是在当地谋得生存与发展，必有太多不言自明的艰辛。但我依然充满感恩，感谢组织给我施展才华的平台和建功立业的机会。苦辣酸甜，兴衰荣辱，转头皆空。只是当年李书记爱才、惜才、为国育才的精神，在后来如烟的岁月里，常常让我想起。

四

担任村支书期间，为了寻求治理村庄的良方，我前往中国人民大学农村发展学院在职学习，有幸结识了温铁军、董筱丹两位老师，为我后来坚持从事乡村建设的实践与研究赋予了强大动力，这是后话。

2015年卸任之后，我得以重返母校兰州大学，在法学院接受系统的法学训练，打开了另一扇认识世界的大门。求学期间我拜在导师迟方旭教授门下，他的严谨和睿智给我以极大的垂范。迟老师对我这个混迹江湖多年的学生非常看重，我一直难忘迟老师视我如亲人一般，耳提面命的教导。

2018 年第二个硕士毕业后，我再次来到北京，进入中国社会科学院农村发展研究所，师从社科院学部委员、著名农业经济学家张晓山先生，攻读农业经济学博士，主攻进城务工人员的社会保障。博士论文推进得很不顺利，多亏张老师的耐心教导与多次资助，并组织专家对我的研究把脉问诊，论文经过数十次的大修和上百次的打磨，我本人经历了两次延期、三次答辩之后，才最终百炼成钢，获得学位。

在我深陷低谷时，农村发展研究所杜志雄书记坚定地告诉我"老师不会放弃任何一个努力的学生"，并抽出宝贵时间亲自指导；苑鹏副所长在我每一次受挫时，都给予我如坐春风般的勉励，令人难以忘怀；孙同全老师不但为论文框架的搭建提出很多建设性意见，还逐章逐节地帮我修改字句，万千感谢难以言表。离开以上几位老师的帮助，我不可能如此顺利地完成学业。另外，有机会结识党国英老师、李人庆老师、谭秋成老师，以及同师门的刘长全老师、崔红志老师、曹斌老师，是我四年博士生涯中的宝贵财富。

真正的改变往往发生在不经意之间。我在硕士期间发表的一篇讨论《草原法》之流弊的论文，有幸进入了中国工程院任继周院士的视野。早在 17 年前，我刚进入兰州大学草业学院读本科的时候，曾与任院士有过一面之缘，当时的任先生因在草业领域的杰出贡献已名满天下，后来又开辟了"农业伦理学"这一全新领域，并组建团队、编写教材、栽培后学，做了大量开创性工作。2020 年，我在北京再次见到任先生的时候，先生已是 96 岁高龄，但依然才思敏捷、心忧天下。通过两次见面长谈，以及数十次的书信沟通，先生确定我就是他要找的人，并为我指明了一个要用一生时间去研究的方向。另外，先生得知我出身寒微，在北京过得清苦，多次要资助我完成学业，我都辞之未受，但先生反复陈明利弊，要求我专注学业不可分心，我才如履薄冰地接受。

此生，我将为继承绝学而不懈奋斗，以报吾师厚望于万一。立此为凭。

五

我此生最幸运的事情，并不是读了博士，而是认识了我的妻子，有了我可爱的小公主，以及我和母亲的身体都算健康。

感谢我的母亲。父母能给我的虽然非常有限，但足够我在这个年代奔波，是足以点亮坎坷旅途的微光。感谢母亲对我漫长读书生涯的理解与资助，以及对儿媳和小孙女极尽所能的照顾。

感谢我的妻子。她在我一无所有的年纪以身相许，25 岁到 35 岁是一个女子最美好的十年，她却一直和我聚少离多，后来又生下芄芄，为我再造精神家园。记得当年仓促举办婚礼，向来能言善辩的我却在婚礼上一言未发，而妻子满含泪水，告诉到场的所有人，要"执子之手，与子偕老"。我没有能力给她一场华丽的婚礼，但我一定努力给她一个精彩的人生。爱她那朝圣者的灵魂。

最后要感谢自己。17 年时间，在如此贫瘠的土壤、匮乏的资源中，好似大漠孤烟、苦海扁舟，无论被命运安排在什么样的角落里，我都倾尽所能地发出光和热，扬起风帆、剪出蓝天。那种顽强拼搏、永不服输，不轻易向命运低头的奋斗精神，值得我用一生时光来珍藏和回味。

　　无论是兰州兴隆山下，还是广州上下九、北京中关村，没有一个地方能像老家半山腰上的那穴窑洞，令我魂牵梦萦。无数次梦里，跋涉无限远，回到这里，见到慈祥的爷爷奶奶、年轻的父亲，还有满院子的花正妍、莺在飞、风无语。虽然，我并无多少成就值得衣锦归来，但多么希望他们能泉下含笑。

2022 年 5 月 20 日

于北京中关村知春里西社区

　　注：2022 年博士毕业的那个炎热的夏天，我在中关村一间五平方米的出租屋里，写下这篇论文致谢。原本千头万绪不知如何下笔，不承想，枯坐在电脑前，回望三十五年弹指间，无数往事裹挟着万千情绪，汹涌而来，居然多次让我泪落如雨。短短三四千字，几个月里传遍大江南北，点击、阅读量超过百万。这本小书，正是有赖此文，而渐次铺展开来。

以最卑微的梦

尊敬的老师、同学、校友们：

晚上好。我是 2018 级应用经济学院的博士生赵安，非常荣幸能作为 2022 届的研究生代表，在此发言。

一

我是一个小镇青年，曲折辗转，不过为了谋生。不经意间写的一篇博士致谢《可怜无数山》，有幸得到广大网友的关注，实属始料未及。谢谢你们让我感动不已，感恩人间有爱、人间值得。

其实，作为中国社科院农村发展研究所的一名"后进生"，多亏所里诸位师长的帮带，我才勉强通过考核，达到博士毕业的标准，距离大家所期待的"优秀""学霸"，还有太远的距离。这些权当是朋友们的鞭策，我可能永远都做不到，但一定再接再厉。

隔着屏幕，很多朋友热泪盈眶，他们说，从我身上看到了"追梦人在闪光""奋斗者的样子""卑微到尘埃也要开出花朵"。我知道，这不只是我，这是我们每一个人的样子。我们都在奔跑的路上，都有不凡的经历，都很了不起。我们不惧千山万重，不负岁月峥嵘，这是所有追梦人的满腔赤诚。

二

每到毕业季，又在这样的就业大环境下，总有人会问："什么样的工作岗位，才能匹配才华、安放灵魂？"我自然给不出答案，但我愿意与大家分享一段自己的工作经历。

2012 年，也就是十年前，我阴差阳错地来到甘肃省庆阳市镇原县的一个贫困村担任党支部书记、第一书记、村合作社理事长。当时的我，还是一个只有 24 岁的青涩少年，不了解自己，更不了解社会，怀揣着很多不切实际的想法，来到这个偏远村庄，决心以青春赴万丈理想。

在这里，乡村干部人手一辆摩托车，翻山越岭驾轻就熟，还得不怕农户家里的狗咬。我因骑摩托的技术欠佳，只好买了一辆自行车，每天来回20里山路。山区地广人稀、住户分散，加之当年交通滞后、通信不畅，提供公共服务极为不便。村里没有食堂和商店，早上从镇里出发要带够全天的干粮。我有一次因为走得太远，自行车寄存在山下的农户家，脚力不济，没能在天黑前赶下山，一路靠捡山上的酸枣充饥，并按照山羊的粪便和足迹来辨明路径，最终才摸下山来。

然而，真正的困难并不止于这些表象。作为甘肃省选派的第一批"第一书记"，如何才能当好第一书记，有没有一些可供参考的先验模式呢？当年的大学课堂还很少会开设涉及基层干部、村庄治理之类的课程，上任之前，我基本没有在书本上学到过相关的职业知识。另外，在我任职的村班子成员（约10人）中，有一名小组长读过高中，两名小组长当过兵，算是团队中文化程度最高的三个人。在这些现实条件下，如何运用书本理论，结合本土知识，高效地推进工作，并蹚出一条路来，供后来者参考？

三年任期里，我白天到村开展工作，晚上查阅文献资料，工作之余共写下日记50多万字，卸任时整理出版了论文集《祁村奋斗：一个村支书的中国梦》，对"如何当好村支书"这一问题，进行了最初的回答。经《中国青年报》《法制日报》(今《法治日报》)等媒体的报道而进入人们的视野。当年，没有导师指导，没有项目资助，一个人、一支笔，不忘初心、不负岁月，那每一个筋疲力尽的夜晚，都是烙印在少年心中的不朽痕迹。我在该书的前言中曾莽撞地写道："如果说这是一场试验与奋斗，那么这本用激情和勇气写成的书，将是铁血与峥嵘的见证。"

三

2015年卸任后，我重返校园学习法学、经济学，尤其是2018年来到中国社科院，这座中国哲学社会科学研究的"最高殿堂"，系统接受农业经济学专业的学术训练。读硕士、博士的七年时间，是对三年基层实践的全面反思，在导师张晓山先生指导下，我发表了一些论文，对当年工作中有关精准扶贫、农村金融、农业保险、基层债务、村民自治、乡村司法等专题进行了提炼和升华。

中国社科大的学生要高擎"人文之光"，理论与实践相结合,"把论文写在祖国大地上"。因此,作为最早一批下派的第一书记,这些年,我一直在试图更好地回答十年前提出的"如何当好村支书"的问题,并努力为更多到村任职的第一书记、基层干部提供一个有参考价值的经验范式。最近,我正在着手写作《祁村十年》,对这场以三年为周期的"蹲点式"田野实践、以七年为周期的"反刍式"追踪思考,进行总结呈现。

过去十年时间,我就干了这一件事。任凭四季枯荣,依然迎风歌唱。诗酒趁年华,悲也从容,歌也从容。

最近,很多网友问我:"假如时光倒流,会不会再去基层?"作为时代洪流中的一粒沙,卑微渺小如我,总是被命运裹挟着走,恐怕是无论做怎样的人生规划,终究也过不好这一生。但我庆幸,庆幸曾经奋战在乡村一线,乘风踏浪,有梦有锋芒。如果没有这段经历,我当然还会有别的收获,但一定不会是今天这番模样。

"谁说站在光里的才算英雄""谁说污泥满身的不算英雄"(出自歌曲《孤勇者》)。在这临别之际,我要为亲爱的同学们送上毕业赠言:人生最重要的,或许不光是所在的位置,还应该是所朝的方向。只要心中有光,一生向阳，在广阔天地间，随着万物生长，不管今天，我们一身雨雪风霜，将要去往何方，我们都将勇敢登场，朝着星辰大海的方向。

漫漫征程中，山再高，人为峰，只要我们不停下攀登的脚步，那就会不断刷新人生的高度。在对的事情上，持之以恒地投入心血和精力，几年、十几年、几十年如一日，不求速效，那么，慢就是快，小就是大，不确定就是最确信。同学们，愿我们舞步轻扬，多年以后，都活成自己的传说，不闪耀，不退场。

不管命运把我们安排在什么样的角落里，都倾尽所能地发出光和热，扬起风帆、剪出蓝天。哪怕是，以最褴褛的衣衫，以最卑微的梦想。

最后，感谢母校，感恩师长，祝福同学们。谢谢大家。

2022 年 6 月 28 日
于中国社科大良乡校区

注：这篇文章，是我在 2022 年中国社会科学院大学毕业典礼上的发言。我早已拾掇完在北京的行李和心

情，回到甘肃老家的菜地里乘凉，突然接到学校宣传部电话，邀我参加毕业典礼并代表博士研究生致辞。对我这样的一个差学生来说，得此殊荣是不可想象的。在返回北京的飞机上，我仓促写完这篇文章。文字和视频内容，均发布在中国社科院大学的官方公众号与视频号上，得以广泛传播。

我的女博士同学

我是 2018 年秋天来到中国社会科学院的,彼时研究生院已经从建国门搬到房山区将近十年时间,2017年又开始招收本科生,小小的院落处处都洒满阳光,四季分明、热闹非凡。

唯一的"槽点"在男女比例,拿我们这一届博士来说,农发所 11 个同学中,只有小跃、帅金和我三个男生,后来被女生们戏称为"农发三傻"。而民族所 10 个博士全是女生,这样的性别优势,使我得到了成长史上从来不曾奢望过的关注。

一年级的时候上公共课,最让大家头疼的就是博士英语听说,老师严格、课业繁重。小班里除了农发所、民族所,还有美国所、劳经所等其他所的博士,我因口语太差出尽了洋相,美国所的常海毕业于北航英语专业，为了安慰我，他常告诉我说："你讲的英语基本能听懂。"我一想到自己每句话中的瑕疵，都被这些高手们听得明白真切，就惶惶不安。

英语课最大的收获是认识了许多女博士。我们三个男生经常厮混在教室最后一排的角落，老师很少会注意到，却得到不少女同学的留意，关系最亲密的要数民族所的姑娘们。后来据说她们是想促成一些姻缘，不料我们"三傻"都已各有其主。但这并没有阻碍友情的野蛮生长，短短一学期的英语课很快结束，我们三个男生和这些精灵般的女博士，一起谈天说地，缓解科研压力，几乎占据了我们后来所有的课余时光。

第一个要说的是哈尔滨的欣欣，她是满族姑娘，小我一岁，身材高挑，生活精致。聊开之后完全是个话痨，她的研究领域与东北抗日联军有关。欣欣和我关系最好，读过我的很多文章，没少讽刺挖苦我。最感动的是，在我精神状态最错乱的那段时间里，她早上六点爬起来陪我去医院看病，在北京冬天清晨拥挤的地铁里，两个人累累若丧家之犬。她的真诚令我难忘，虽然后来我俩在很多学术话题上产生过激烈争吵，至今都没有很好地弥合，但我一直都祝福这个倔强的姑娘，在寒冷的雪国，永远能得到温暖。

然后是雷雷，身材最好，颜值最高，研究领域更是奇葩，早已灭亡的西夏文字，要被她所在的团队复活，据说全中国懂这门"绝世武功"的人寥寥可数，我们经常调侃她修炼成灭绝师太，也没有人继承她的独门秘籍。结果博三的时候，她的师门又来了一个叫天天的博士师妹，经雷雷介绍也整天混迹在我们的小圈子里，后来去了法国，我们毕业时也没有再见。雷雷博士期间嫁给了互联网大佬，生了一个大胖小子。她结婚的时候我没有在学校，没能参加婚礼，也没能随上份子钱，后来想起来很是惭愧。再后来，我去洛阳调研，途经雷雷老家，她和雷爸爸一起开车接送我，帮了我不少忙，结束后还骑她的小摩托送我去车站，令人动容。在我的博士小圈子里，雷雷算是妥妥的人生赢家，我想人生的高度，往往和优秀的品格有很大的关联。

再说莎莎，一个天真烂漫的苗族小妹妹，她是我们团队中最快乐且最能传递快乐的人，在我们一起散步的队伍里，时时能传来她极具穿透力的笑声。只要给她一个麦克风，她一定能一展歌喉惊艳四座，独特的才情与梦想都能瞬间响彻云霄。她致力于研究苗族语言，我们在饭桌上讨论过很多次少数民族方言的知识，如今大多数都忘记了，只记得她和她小男友之间狂野的爱情。晚饭后的小路上，我们经常一起一本正经地畅想，等博士毕业后，拿到人才引进的资助，应该怎么花？帅金说先要把媳妇娶回家，会杰说要先孝敬养育她的奶奶，莎莎说要去西北看大漠星辰。毕业时，莎莎建议我去整个容，据说北京八大处整形医院的技术最厉害，且性价比很高，很适合像我这种抓着青春的尾巴不肯松手的男生。

彦婕是云南白族姑娘，娇小可爱，从小在洱海之滨长大，因为母亲病逝，一心要早日学成回到父亲身边。毛克是甘肃藏族人，生活在离天最近的高原，她的研究方向最"高大上"，好像是计算机编程和少数民族语言的交叉领域，云朵一般娇弱的女子，脑袋里居然藏着如此深不可测的学问。莎莎、彦婕、毛克三人本硕都毕业于中央民族大学，年纪轻轻已是人中龙凤。还有蒙古族的秀丽，读博前在日本学习和工作过七年，有丰富的人生阅历。慧萍是福建泉州人，研究的是祖籍潮汕的海外华人的次文化，成果早都可以出版成厚厚的大部头了。

我们农发所的 11 个博士，除了"三傻"之外，还有

8个女博士。

娜姐从北大毕业，在清华工作，是我们队伍中真正的实力派，年龄略大我们几岁，要照顾家人，基本不在学校住。她偶尔回来，会请我们去校外改善一下生活，三年时间里，同学们聚得最全的，当属娜姐请客的那几次了。

彩凤姐是陕西人，从老家到中央财经大学读本科，来北京已近二十年，诸事都比我们熟悉，是我们的党支部书记，也很照顾我。她的一个校友在京郊的一个村子担任党支部第一书记，和我有相似经历，彩凤姐还邀请我去该村交流学习，至今印象深刻。

萍姐英语能力极强，外语听说课上，她就是流量级人物，博士一年级结束后，长期居住海外，后来遇上疫情，一直没能回国，毕业时也没能回来团聚。

晓倩是我们所的颜值担当，刚入学不久，就收到她结婚的喜糖，应该是老公发来的信号，让其他男生不要痴心妄想。我和晓倩的研究方向相同，本来约好要一起大干一场的，不过她入学后忙着结婚生子，休学坐月子，要晚我们一年毕业。

春苗小我两岁，在地方高校工作，性格爽朗率真，穿一件鲜红色大衣，像龙门客栈里的金镶玉，讲起课来一泻千里，从不卡壳。博士入学时她就已经是辣妈了，与孩子两地分居非常煎熬，常常往老家跑。后来有了小女儿，我才明白，人间万苦，离别最苦。

金凤年龄最小，小小年纪能力过人，一边生孩子一边搞学术，白天照顾小孩，晚上挑灯写作，家庭事业两不误，活脱脱一只金凤凰，相信以后的人生中再不会有什么困难能难得倒她。博士毕业之后，她又追随国内顶级的学者继续做博士后了，剽悍的人生就这么任性。

最后是会杰，一个吃饭很慢、柔声细语的姑娘，她是我们所唯一常住学校的女博士，也是我们小圈子里的死党。会杰是个苦孩子，小时候的经历和我极其相似，与爷爷奶奶感情甚笃，我和她常常深聊一些家庭琐事，有一次居然聊到两人都泣不成声，大家惊讶于我俩聊了些什么，竟能如此共情。毕业季的最后一段时光，大家都纷纷离去，院子里就剩下我和会杰两人，坐在树荫下的长椅上，只见斑驳的阳光洒在她的脸上，年轻得令人羡慕。没过几天，我再回学校的时候，她已经不辞而别，说不用送，怕伤感，等找到好工作落稳脚跟了一定告诉大家。

再说回"农发三傻"，小跃和帅金都比我年龄小三岁，一直在学校读书，没有混过江湖，性格单纯、待人真挚，过硬的科研能力使他们年纪轻轻都成果斐然。三年时间里，我们除了外出以外，几乎每顿饭都是一起吃的，无所不谈，无事不欢。毕业后，小跃带着女友去了江南一所高校，帅金回到他心心念念的山城重庆继续做博士后了。

只有我一个人滞留在北京，继续着让人身心疲惫的颠沛流离。我已料定，如我这样的穷苦人，这一生最好的结局，或许就是有一天在岁月深处，突然被人发现，因曾经顽强抗争不低头，引来几声轻叹。

六月的盛夏里，我们一遍遍地吃散伙饭，始终都散不了，直到最后一个黄昏，该来的还是得来，在校门外的一家烤鱼店，我们喝点小酒道最后的珍重。大家都有了精彩的归宿，数十年"冷板凳"终于坐到了头，都要去赚大钱了，享受阳光沙滩和岁月静好了。这个年纪的人，经历过不少聚散，理应都不矫情。可起身离开的一刻，却有人眼里进了沙，大家努力笑成一团，笑声依旧像往日一样响彻云霄。

我现在很少回学校，最怕一个人的院落，独自在寒风中凌乱。常常会想起那些快乐的精灵,三五成群,嬉笑怒骂。天地间,江湖远,途经多少年,再也望不穿。

2021 年 11 月 13 日

于中国社科大良乡校区

笨人自有笨人的光辉（求学）

尊敬的各位老师、家长、同学们：

下午好。非常荣幸有这样的机会，在春暖花开的季节回到故乡。要说我过去丢人，大多都是丢在外面的，这回真是要丢人丢到"家"里来了。主持人刚才盛情介绍了我如何"成功"，让我这样一个向来晚熟的人，感到格外惶恐。因为我很清楚，在这个时代，无论是采用哪个领域的评价方式，我所走过的道路，都与成功关系不大。

或许是因为我足够坦诚，在一个人们乐于炫耀成功的时代，我却愣头青一样分享了自己近乎惨烈的失败经历，因为这样的一个"壮举"，我被网友们誉为"无边黑暗中的一道光明"。原来，"真诚"是如此稀缺和奢侈的一种品质。既然如此，我此次回到家乡，就再次厚着脸皮，向亲爱的学弟学妹们，继续分享一些我那蹩脚的求学故事。今天，我就以"笨人自有笨人的光辉"为主题，为学弟学妹们送上成人礼。

一

先说我小时候有多笨。

1987年的甘肃农村，还处于深度贫困状态。我出生在一个漆黑的窑洞里，几乎没有吃过母乳，靠一只山羊的乳汁来补充营养。寒来暑往中的感冒发烧，都是靠爷爷奶奶的土方子来对付。对于一个婴儿来说，面对营养与医疗过度匮乏造成的胁迫，如何能确保智商不受损害？

所以，我从小发育非常迟缓，脑子也不太灵光，六岁之前基本不识字，也不会背唐诗，更算不了算术。加之我相貌丑陋、言行木讷，唱歌跳舞也全然不会，不讨人喜欢实属正常。上学后，但凡有关广播体操、队列队形的表演，我都因手脚的动作无法协调，而出尽了洋相，需要老师们以凶恶的嘴脸给予格外的"关照"。在那漫长的成长史里，我的迟钝与同龄小朋友相比，显得非常"现眼"。

1993年，我上小学一年级，记得第一学期期末考试，我是班里的第13名，当时班里一共有多少个小朋友，我已经完全不记得，只记得当时我爸带我领取学生手册，看到这个名次时的眼神，似乎并没有要责怪我的意思。他的这份宽容让我很多年都没有忘记。

后来上了初中，记得初一时班里有60多个学生，第一次期中考试，我是班里的第11名，代数只考了37分，丢尽了我爸作为一个乡村数学老师的老脸。如果按照这所乡镇中学的高考录取率来计算，我这样的名次，基本是连考上普通本科的机会都不存在的。

上了高中以后，我开始发愤图强，虽然高中三年，大多数时候都是班里第一名，甚至是年级第一名，但那是我汗流浃背、提心吊胆地用考试成绩伪装了自己的智商。当后来上了大学，遇见各路学业精英时，我很快就露出了马脚，现出了原形。

二

再说我作为一个资质平庸的大学生。

2005年，我以差强人意的高考成绩，进入兰州大学一个非常冷门的专业，叫草业科学。现在，兰大的草学专业已经是全国名列前茅的顶尖存在，但以我当时的认知，完全无法判断这些事情会为我的命运带来什么样的机缘，并让我百转千回，最终又回到这里。

大一时的课程难度很大，所学知识几乎遗忘殆尽，但有位才华出众、气质非凡的年轻女化学老师，至今令我记忆深刻。第一学期的化学考试，当时整个学院两个班级60多个同学中，只有3个人不及格，其中就有我，让我这个高中时自诩化学为第一特长的学生颜面尽失，从此丧失了向漂亮的女化学老师"献殷勤"的勇气。

我因为过度的自卑而陷入过度的迷茫，不知道像自己这样的笨蛋，以后还能干些什么，只好泡在图书馆里，胡乱翻些小说散文，以此打发时光。直到有一个学期，我选修了经济管理专业的一些课程，当时教管理学原理的青年男老师，以极具感染力的口才和学识，第一次唤醒我对知识的渴望。自此，我开始自学高等数学、西方经济学等课程，并萌生了继续读研究生的想法。

通过一年多的自学，我并没能考上心仪学校的经济学研究生，大四也没有找到合适的工作，毕业后就跟着打工潮，挤在绿皮火车里南下广州，一边打零工一边准备考研，因为巨大的生存压力，两次考试发挥得都很不好。在那个本应狂妄、嚣张、青春无敌的年纪，我却过得极度消沉、动荡、一筹莫展。

当我开始意识到自己资质平庸，没有别人聪明的时候，我并没有想象中的慌不择路，反倒是心平气和地接受了这个事实。

三

在工作岗位上边干边学。

2012年春天，我打工和考研受挫后，回到家乡的一个乡政府工作，其间担任两个村子的党支部书记、第一书记等职务。在琐碎无边的事务性工作中，我并没有放弃继续读书。

白天走村入户，晚上挑灯夜读，钻研国内外乡村治理的专业知识，写下50多万字的学术笔记，出版了第一本学术论文集《祁村奋斗：一个村支书的中国梦》。以我现在的眼光看，十年前的研究成果还非常青涩，但至今我都能收到来自很多地方的基层干部的读后感，有位于广西中越边境的驻村干部，有位于新疆中哈边境的第一书记，他们告诉我，这本书曾给他们以力量和希望。

在村里工作期间，我时常在田埂上坚持学习外语。

有一次去西安参加英语雅思考试,正值正月初三,大雪纷飞,我深夜背着行囊,还没有找到可以栖身的酒店。那时雅思考试一次的报名费就得三千元,是我当时的女朋友(现在的妻子)一个月的工资,我考了三次雅思,就败光了她的一枚钻戒。

春华秋实,在当村干部的一千多个日日夜夜里,我始终手不释卷,笔耕不辍。有时在工作之余已是筋疲力尽,但我一直都与自己的懒惰做残酷无情的血腥斗争,以此来换取宝贵时间。我几乎是以自学的方式,取得中国人民大学的农业硕士、兰州大学的法律硕士学位的。

过去这些年,不管被命运安排在哪个角落里,我都没有放弃过自己。因为这世上的失败只有一种,那就是半途而废。青春正当年,别浪费了书生意气。

四

而立之年依然保持热爱。

2018年,已经三十岁的我,告别了家人,再次来到北京,在中国社会科学院农村发展研究所,师从张晓山先生攻读农业经济学博士学位。想当年,一介书生,混迹江湖,有幸来到中国哲学社会科学的最高殿堂,师从中国最顶尖的农业经济学家。恍惚间，真是如同大梦一场。

然而学业开展得并不顺利，因为我之前杂乱无章的学科背景，且没有经受过正规的经济学学术训练，一段时间科研项目进展非常缓慢，我用两年时间重读经典，用一年时间穿梭全国 11 个省份做田野调查，最后的博士论文依然没能通过答辩，未能在三年内如期毕业。

彼时因为长期远离家乡，没有稳定的收入来源，又背负着家人太多期待，让我陷于困境与重压之下，一度不得不依靠专业的心理疏导和抗焦虑药物，才能正常入睡。我最终经过两次延期，三次答辩，才勉强获得博士学位。

过去十几年里，我因为"7 次研究生考试，3 次博士论文答辩"的"黑历史"，而贻笑于中国学术圈。有人笑我智商不及格，但没有人笑我始乱终弃。每个人的成长都是一场波澜壮阔的史诗，今天的坎坷，都是为自己的未来塑造形象。那每一次荒诞的经历，都将有朝一日，为你书写传奇。

或因我在草业科学、法学、经济学等多个学科的积累，以及在上述领域取得的些许研究成果，被中国工程院院士任继周先生推荐，重新回到母校兰州大学草业学院，从事草畜产业、农业经济、农业伦理等方面的教学科研工作。

至此，18 岁高考结束之后，又是一个 18 年。2022 年秋天，我结束了漫长的漂泊与跋涉，终于回到兰州，与家人团聚。虽然暂时进入了大家所认为的舒适区，但对我这样一个年龄偏大，且不入流的青年学者来说，前路依然漫漫。

现在，我终于得以稍作喘息，来回头审视我走过的路途，并有机会、有勇气在此与大家分享。

五

如果大家从我荒诞的故事中，依然能看到一丝真诚，那就请允许我斗胆向学弟学妹们，送上以下几点不合时宜的希望：

一是希望你们能在忙乱中学着做个轻松自在的少年。我在工作中接触过很多家长和同学，对高考之后的人生一无所知，甚至都没有足够的警醒，可以意识到比高考更残酷的人生都在高考以后。现在，最让我羡慕的童年，从来都不是什么优质的学前教育、疯狂鸡娃的励志故事、卷王之王的海淀妈妈，而是一个少年，能在那群山之间、万峰丛中、河滩沟壑，无忧无虑地撒欢，无拘无束地嘶吼，那才是少年该有的模样。希望你们在中学时代，除了积累点滴知识之外，能更加注重积累健硕的肌肉、贪婪的睡眠、爽朗的笑脸、愉悦的心情、阳光的胸襟和自由自在的呼吸。因为人生足够的漫长，以至于要消耗掉上面的这些所有储蓄，希望到那时，你们不会资不抵债。

二是希望你们能绵绵用力养成不轻易服输的顽强品质。有一次，我在北京与几位老乡相聚，聊起当年以傲人的高考成绩跻身北京名校，以及十几年来在首都艰苦奋斗的岁月。我们因从事不同专业难免有各种分歧，但有一点却颇有共识。我们这些从贫困乡村、艰苦环境中走出来的学子，比其他人更希望通过高考这一场考试来改变命运，但一场考试承担不起这样的使命，人生也不可能被定格在一场考试之中。如果要说，我当年考上大学，读了硕士和博士，站在高校讲坛上，被很多人视作某种必然的话，我想说，在那无数曲折迂回的道路上，这一切更多的都是偶然。因为在神鬼莫测的命运面前，唯一需要成为必然的素质，是永远不轻易服输的顽强品格。希望多年以后，你们的同伴都已刀枪入库、马放南山，去享受安逸生活的时候，你依然没有忘记少年时的理想，不会被任何世俗的理由所牵绊，时刻具备披挂上阵、披坚执锐的勇气。

三是希望我们每一个人都有胆量去定义属于自己的成功。如果让所有动物都去比赛爬树，那小鱼怎么能爬得过猴子？不是所有的学生都擅长考试，也不是所有的老师都擅长教学生考试。我虽然向来不是一个成绩优异的学生，但我清醒地知道，这个社会需要各种各样的人才，从事各种各样的工作，希望我们能坦荡地看待考试成绩的局限，形成属于自己独特的评价方式。千百年来，我们对成功的定义太过狭隘，太过偏颇，希望在丰衣足食的今天，我们能重新思考这一问题，给成功以更加多元化的定义，从此宽容地对待自己，也宽容地对待下一代。三千繁华，弹指刹那，百年之后，不过一捧黄沙。如果我们足够自信、足够强大、足够勇敢，从今天起，我和你们，都将不会被命运所裹挟，不会被别人所定义，不会被各种眼花缭乱的标准和流程所驱赶，更不会因此而受尽伤害。希望多年以后，不管面临多少艰难困苦，我们依然像当初那个笨小孩一样，说自己的人生很酷。

　　亲爱的同学们，多年以后，你或许早已忘记，在自己的成人礼上，遇见过一个失魂落魄却被误以为很成功的哥哥。但我希望今后的人生，你们无论是怎样地惊世骇俗，抑或怎样地寻常无闻，都能鼓起勇气，以应有的胸怀滋养自己的生命。永远阳光灿烂，永远热泪盈眶。

　　谢谢大家。

2024 年 3 月 14 日

于兰州芄草间

　　注：回应《笨人自有笨人的光辉》

　　最近，我受镇原县平泉中学刘鹏校长的邀请，在该校开学典礼暨高三学生成人礼上发言，发言稿三天之内居然被阅读 10 万余次，收到 100 多条留言或私信，这完全超出了我的预料。几日来，我一直在思考其中的缘由，尤其是和众多网友互动之后。

　　我其实不懂基层教育，本不该在这一领域胡乱发言。过去，在我的学术研究中，即便涉及基层教育，也多是为农村发展、乡村治理等母题服务，我并没有研究过农村教育本身。即便现在忝列高校教职，也不过 2 年时间，还没有来得及进行深入思考。

所以，接到刘校长的邀请，我其实是充满压力的。因为我之前完全没有过给中学生讲课的职业经验，不知道孩子们需要听些什么。如果说些慷慨激昂的心灵鸡汤，那网络上比我有文采的内容俯拾即是。

于是，我在高三学生的成人礼上，不合时宜地讲了三点希望：一是轻松自在，二是绵绵用力，三是有胆有识。这些希望或建议，其实对他们眼下的事情毫无帮助，但恰恰因此，却引起了前所未有的共鸣。数以万计的网友认为，我的讲稿中包含了对教育的反思和觉醒。

这真的是一个无心之举。我用自己的笨灵魂和笨嘴巴，讲述了自己漫长而无趣的成长故事，想以此拉近自己与听者的距离，进而去轻叩孩子们的心门。我的确说过，希望孩子们面对困难不要轻易放弃，但我更希望孩子们不要过早地透支自己，累坏在起跑线上。希望老师和家长，能在确保孩子身心健康的大前提下，帮助孩子跳起摘桃，做一些力所能及的事情。

实不相瞒，教我家调皮的芃宝，和我那些叛逆的大学生，除了宽容之外，我暂时还没有找到什么好的办法。但从这预料之外的强烈反响中，让我清醒地感受到，教育更多的是"影响"而非"要求"。教育应该是一棵树摇动另一棵树，一朵云推动另一朵云，一个灵魂唤醒另一个灵魂。

教育之道无他，唯爱与榜样而已。

2024 年 3 月 20 日
于兰州芃草间

生来荒凉如旷野（求职）

尊敬的各位老师、同学们：

下午好。非常荣幸能有机会与大家分享我的工作经历，并以此为契机和同学们谈谈我对职业规划的看法。之前，媒体报道过我的不少事迹，我在网上也分享过一些成长故事，但主要是求学经历，以至于有不少朋友建议我分享一下求职经历。今天，我就以"生来荒凉如旷野"为主题，只为博君一乐。

一

第一阶段是被盲目和无助主宰的年纪。

我从小在贫瘠的山野深处长大，如杂草般胡乱生长。侥幸考上大学，勉强混到毕业。父亲早殁，无所依靠。像我这样的人生，更迫切的需要是救命稻草，而不是人生规划。遇上什么就干什么，冥冥之中自有安排。

2009 年，我从兰州大学毕业，考研失败后，回到老家一所学校的图书馆做了个临时工。大学毕业后的第一份工作的月薪只有 300 元，估计会让人笑掉大牙。之所以宅在那个图书馆里，除了方便继续复习考研之外，还想尝试一下图书馆管理员这个牛人辈出的岗位，以资他日显达时拿出来炫耀。

第二年还是没考上研究生，继续在这里当临时工让我很难为情，但能去哪里呢？没有人告诉我答案。我以与命运怄气的方式，买了一张前往广州的火车票，一定要去个我不曾到过的处女地，好在叛逆之中去消解学业溃败造成的颜面尽失，来满足那个年纪特有的自尊和敏感。

二十多个小时的绿皮火车，呼啸着将我的青春运往广州。出了广州火车站，去哪里呢？干什么呢？我都不知道。如果让我今天做个自我介绍，恐怕三十分钟都讲不完，但那时候平淡无奇的阅历，三分钟都讲不满。我跟着人流出没在人潮涌动的人才市场，如同蝼蚁卷入了汪洋。这样的盲目与无助，主宰了包括我在内的无数人的一生。

我在广州，先后在两家商业地产公司从事策划工作。这段经历并不成功，却无意间将我这个西北内陆的青年，置于珠三角的时代前沿。在这个计划外的超级大都市里，我掩藏了一段人生最初的贫乏、无助、卑微的记忆，在那贫民窟、城中村、街头巷尾、犄角旮旯里。然后假装强悍，哭着笑着转身跳进了人海里。

我翻开当时的日记，里面醒目地写着："愿这美妙青春，不辜负那四周香稻，万顷晴沙，九夏芙蓉，三春杨柳。"现在读来，那种怒海逐流的记忆，恍惚间宛如隔世。

二

第二个阶段是向下扎根后的野蛮生长。

2011年秋天，我以弃梦回乡的姿态，被家人叫回老家考公务员。2012年春天，我进入当地一个乡镇府工作。在当时，这是走投无路之后极不情愿的一个被迫选择，但后来却成为我真正意义上全身心投入的第一份工作。不放弃任何一个向下扎根的机会，就一定会取得意想不到的收获。

当时，正值党的十八大召开，组织选派青年干部到村任职。时任乡镇党委、政府的主要领导，见我做事勤谨、略通文墨，就派我前往五里沟村担任党支部第一书记。次年，脱贫攻坚全面启动，因市委领导联系祁川村，我从五里沟村支书的任上，被临时调往祁川村担任党支部书记，当时我还不到 25 岁。

此后的三年时间里，我都是在村支书这个岗位上度过的。无论出于主动还是被动，我都以极大的工作热情和工作强度，深度参与到了这个村子的蜕变之中，遇到过不少挫折和风浪，也得到了充分的锤炼和塑造，获得了前所未有的快速提高。

我在村里开展了一系列工作，如加快村组道路、电网改造、土地整理等基础设施的建设和养护；引进和推广小尾寒羊、青贮饲料、林草果蔬等扶贫产业的发展；创办了全县第一家村级互助资金合作社，为农户提供小微金融服务；积极推动种植业保险、畜牧业保险的试点和落地；同时还在每个村民小组施行队长的民主普选，为村委会主任的换届进行民主训练，着力于改善村组政治小气候。

我边实践边钻研，并将成果整理出版，就是大家熟知的《祁村奋斗：一个村支书的中国梦》，以此展现了一个普通的西部村庄，在大国崛起背景下的努力与奋斗。我的事迹与作品引起许多媒体的关注和报道，应邀走进电视台、广播电台等节目的演播室，分享基层工作经历。著名"三农"问题专家李昌平说："对于如何破解'三农'问题，很多人可以滔滔不绝地说出自己的方案，但像赵安这般亲自用行动验证自己方案的人还是极少的。"

宰相必起于州郡，猛将必发于卒伍。每一个人的成长都离不开身处微末时的积淀。后来，我读硕士、博士以及工作后的主要研究方向，始终围绕中国"三农"问题展开，都源自这段宝贵的"村官"经历。当年，那个好高骛远的青年，在脚踏实地的工作中得到了野蛮生长。起初看来，并不光彩照人的经历，居然成为我后来最骄傲的名片之一。勇于向下扎根也是一种独具慧眼的人生智慧。

三

第三阶段是一介书生做起了小生意。

2015年任期结束后，我因外出进修，离开了村支书岗位，并逐渐退出了行政领域。我读的是专业硕士学位，需要去企业实习。当时，我并没有做好要创业的准备，但机缘就这样凑巧地到来了。

我在兰州新区一家农业机械装备公司实习，该企业主要生产柴油三轮车、手扶拖拉机等小型农业机械和运输车辆，服务于沟壑、丘陵地区的农业经营主体。当时，企业销售业绩很不好，领导层制定了全员营销计划。我在调度会上提出了销售网点的建设性意见，为了验证自己的想法，我自告奋勇，前往老家的县里做经销商。从起初的门店建设，到铺货、宣传、回款、售后等工作，都是我亲力亲为。真没想到，一介书生居然走上了小型农机具县域经销商的道路。

为了打开当地市场，我开着三轮车，拉着产品，插着彩旗，去各个乡镇赶集，给老乡发送传单，介绍产品，忙得不亦乐乎。三轮车在山里的行进速度很慢，从一个乡镇到另一个乡镇要好几个小时。如果遭遇雷阵雨，三轮车没有顶棚，会被瓢泼大雨淋成落汤鸡。有一次傍晚，我走到山野深处，突然没了柴油，前不着村后不着店，我坐在车里待了整整一宿。

然而，企业尚未建立起完善的售后服务体系，机器性能还没有经过市场充分检验，故障频发，我自己非机械相关专业出身，微薄的销售利润不足以支持第三方售后。虽然每一个客户我都亲力亲为去维护，但依然力不从心。销售工作持续了一年时间，就无法维持。后续的货款清退、门店退出等烦琐工作，使此次创业进入垃圾时间。

我在兰州新区工作期间，正值新区创建之初。我联合两名朋友，创办了兰州新区第一家自媒体公司，注册了第一个以新区为主题的微信公众号、新浪微博号，利用课余时间从零到一开始拓展业务。我们潜伏在新区的农贸市场、招聘会、夜总会等各类地方，推广我们的资讯产品。随着粉丝量的飞速增长，我们开始赚取平台的流量分成，也自己承接广告业务，开始进入盈利阶段。

刀要在石上磨，人要在事上练。要日日坚持更新内容，再小的事情都不简单。持续更新了三年之后，我们的公众号成为兰州新区最大的自媒体，受到政府部门颁发的荣誉，参加官方主办的各类媒体交流会，从一个门外汉闯进了行业内。遗憾的是，2018年，我离开兰州前往北京，另一位骨干成员要去广州发展，我们只好忍痛将公众号转卖。

四

第四个阶段是生命中的不期而遇。

机遇总是善待充分准备着的头脑。如果你因为怕犯错误而裹足不前，甚至闭门不出地搞人生规划，那一定会错过很多你意想不到的机会。

2018年去北京后，我投入了繁重的科研工作当中，直到2021年博士三年学制结束。我因没有按期通过答辩，学校不再提供住宿，为了在北京维持生计，我来到中关村找工作。后来，我所遇到的人和事情，远比博士按期毕业更加有意义。

起初，我在木樨地一家涉农的央企研究院实习，对大宗粮食的耕、种、收、储、加、运、销等进行全产业链的追踪和研究，学习了很多行业知识。结束后，我又进入中关村一家农业上市公司，负责农业产业项目的投融资，经常为此出没在北京的基金、证券、信托等金融圈子里。工作一年时间，就从项目经理做到董事局办公室副主任，直接向集团董事长汇报，领略了国内顶尖企业家运筹帷幄决胜千里的风采。至此，我对国内农业的产业经营、金融环境、公共政策、学术研究都有了全面的了解。

最重要的事情，是我在北京期间，与我本科时的老师中国工程院院士任继周先生再次相遇。我在任先生的指导和带领下，勇闯学术无人区，参与中国农业伦理学这一新学科的创建工作。至此，命运的齿轮才真正开始转动。2022年拿到博士学历学位时，我已经35岁，差点"老"得找不到工作，多亏师长鼎力推荐，我才得以回到兰州大学任教至今。

同事常调侃我"在企业干到打工人的天花板，依然回到了事业单位"。希望同学们切莫误解，因我确有学术使命在身，即便现在回到高校，过往丰富的工作经历，注定我会对实践工作保持旺盛的关注。请同学们珍视生命中的每一个不期而遇，大踏步向前，乘长风冲上青天。

五

最后，结合我的上述工作经历与人生体验，我想再与大家辩证地聊一聊职业规划。承蒙朋友们信任和喜爱，我才有胆量在此与大家分享我的经历。

一是职业规划的有限性。人生是旷野而非轨道，没有固定的模板，没有标准的答案，任何方向都是向前。

回望过去十多年，我干过村支书、卖过农机具、做过自媒体，一直摸爬滚打在社会底层，干着土到掉渣的事情。我读过草学学士、农业硕士、法律硕士、经济学博士，学术经历高度碎片化，这在我们的职业学者队伍中就像个笑话。其实，我从来不缺乏规划，而且从来不缺乏执行力，但命运总是充斥着各种突发事件。与那些步调完美，少年得志的人生赢家相比，我总是掉队的、落后的、不赶趟的一个迟到者。但那些意想不到的风景和收获，却恰恰都在规划和预料之外，所谓"世之奇伟、瑰怪、非常之观，常在于险远，非有志者不能至也"。如果你在 20 岁时，就有人将你的人生绘就成一幅蓝图，并让你按部就班地去做（或表演），那一定是一件无趣到可怕的事情。万物流变，无物常驻，最好的规划就是不断调整适配的方向，你一定会因此"满载而归"。

二是适度规划的必要性。我常想起儿时的自己，飞奔在贫瘠的大山深处。随着父亲的早逝，尚不能自力更生的我，在人海中没有方向，无比荒凉。与如此平庸的资质相匹配的，应该是怎样的人生规划呢？大学毕业之后的十年时间里，我淋过大雨、睡过天桥，在那兵荒马乱的青春里，经历很多人生至暗时刻。我想提前告诉你们，成长是一件极度残酷的事情，但又生怕你们过早地知道了真相。但我并没有因此放弃对"只此一生"的期待。三十年一贫如洗，三十年寒窗苦读。无论在什么岗位上，在哪个角落里，我都认真提升自己，倾尽所能地发出光和热。"苔花如米小，也学牡丹开"，相信在那无垠的夜幕中，只有你自己，才是最璀璨的那颗星。从基层政府，到省属国企，到大厂研究院，再到执教高校，历经波折终于如愿以偿，完成了我少年时的梦想，虽然作为职业学者，也并不一定就是我人生的完成状态。在这期间，我做错过很多事，但我也做对了最重要的事，那就是在眼花缭乱的世界里，不断通过学习来武装自己，才有机会与万水千山相逢，与您不期而遇。

三是好的规划需要持久的耐心。其实我更相信，剽悍的人生从来都不是规划出来的，而是持之以恒地血拼出来的。流水不争先，争的是滔滔不绝。每个人花期不同，不慕花开早，静待花开好。世上其实没有一个适用于所有人，且必须按年龄增长来严格打卡的"任务清单"。每个人都有自己的时间表，有些人可能在你前面，有些人可能在你后面，但是每个人都在自己的时区里有自己的路程。所以，你并没有迟到，也没有领先，你在你的时区里，一切都刚准时。人生如柳絮，命运随风飘。我虽然没能按照预期，活成该有的样子，而是一路上跌跌撞撞，闹出这许多笑话。而且很多时候，都是被残酷命运所裹挟，但即便是那些人迹罕至的小径，只要朝花夕拾，默默耕耘，也收获了好天气，看到了好风景。没有人"应该"活成什么样子，但所有人都应该，活出自己喜欢的样子。不是每一次花开花落，都能结出硕果，但生命不去热烈绽放，那就一定没有结果。我不怨命运之错，不怕旅途多坎坷，只顾向那梦中的地方去，野蛮生长，永不彷徨。

谢谢大家。

2024 年 4 月 3 日

于兰州大学逸夫生物楼

注：在我做学生的时期，我与所谓人生规划或成功学等烂大街的宏阔话题，总是保持着距离。现在做了大学教师，帮助学生选专业、找工作、做规划、成就人生，成了我不可回避的工作乃至责任的一部分，所以又不得不站出来讲这些。当然，一个孩子的职业选择，除

个人的擅长与偏好之外,是学校、家庭、社会等合力促成的一个结果,作为大学教师的建议也只是其中的一个维度。

听了我的故事后,有人反驳我说,要鼓励学生"一生只做一件事",而不是用我那些高度碎片化的专业背景或职业经历去误导学生。问题在于,你如何能提前预知自己这一生"该做哪一件事"?以及如何去定义什么是"一件事"?如果你在青少年时期就极具战略眼光,选择了终身不渝的赛道,且以超乎常人的顶格自律去执行,那一定会取得不俗成绩。但大多数普通人恐不具备上述特异功能,多是在无边的黑暗中,不断地试错并调整方向。

我直到35岁之后,才重回兰州大学草业学院,从事与草畜产业有关的研究与实践,并将其视之为终身志趣(这并不是说我要将某种职业、某个岗位视之为那"一件事")。且之前我在法律、经济等专业的积累,在政府、企业等岗位的经历,都是继续做好当前工作的丰厚沉淀,也是我区别于草业领域其他工作者的鲜明特征。如果可以,我会将"思考者"作为终身专业,将"实践者"作为终身职业。

希望同学们知道，职业规划固然是重要的，但相对来说，我觉得百折不回的人生态度更加不可或缺。每个人的人生，不是坐而论道地规划出来的，而是在旷野中披荆斩棘地血拼出来的。具备了这种素质的人，不管在哪个赛道上，他一定都不会差。

对"爆火"博士致谢的回应

作为时代洪流中的一粒沙，能得到这么多朋友的关心和祝福，令我倍感荣幸，也有些手足无措。受论文致谢的篇幅所限，以及媒体对关注点的引导，致使很多朋友对我"7次研究生考试，3次博士论文答辩"的很多细节非常好奇，也引起了一些关于"学历偏执""学术内卷"等问题的讨论。向社会传递正能量一直是我的初衷，如果因为我没有将事情讲清楚而造成误解和分歧，那么这是我的失责。

第一，关于正确的"学历观"。一些朋友从"7次考研"的标题中，得出"学历偏执、社会扭曲"的结论，这不是我所希望看到的。一方面，我要说下"学历"与"经历"的关系。学历只是经历的一部分，学历并不必然代表什么，我在村支书岗位上工作三年所获得的智慧，丝毫不逊于我在硕士三年中学习到的知识。社会也是个大学校，逆境往往是最好的教育场。我在博士圈子里也反复说"行胜于言""读书易而实践难"，很多人戴着博士的帽子，恐怕也未必都是饱学之士（虽然这话并不悦耳）。另一方面，我再说一下"求学"与"求取学历"的关系。求学、求索，不等于求取学历，并不是所有职业都需要高学历，许多应用性岗位也可以提升职称，而我所从事的专业以基础理论为主，进步的途径一定程度上体现在获取学历上，即便如此，获取学历也只是我在充分学习和实践之后的一个副产品，并不是学习过程中最主要的目的，这个逻辑关系希望能给年轻朋友们一些启示。希望朋友们能多关注"求学"本身，而不只是"求取学历"的过程。不可否认，凭借较高的学历可以改变一些事情，但改变的一定很有限，希望学弟学妹们不要颠倒主次，能树立正确的"学历观"。

第二，"7次考研"并非"7次不第"。许多网友对我这段"奇葩"经历中的细节很感兴趣，也有不少网友担心我不及格的智商水平会对社会造成危害。我本科学的是草业专业，选择攻读经济学研究生本就跨度较大，加之目标过高，考了三年只收到一个不是很理想的学校的通知书。当时的我又考上了基层事业编，思虑再三，在读研和就业之间选择了后者。开始工作后，我又参加了第四次经济学专业的研究生考试，幸赖之前的积累，我考出了很好的成绩，但当时工作正处于重要机遇期，我所在的村子被列为市委精准扶贫的联系单位，县乡两级组织反复酝酿后，决定由我出任村支书。在这个窗口期撂挑子去读研有违职业道德，所以只好放弃，当时确有遗憾，但现在反过头去看，三年村支书的经历和收获，在我的成长之路上最是意义独特。第五次我也是厉兵秣马，结果考试当天工作走不开而未能披甲临阵。第六次和第七次我做了一个重要"转型"，零基础备考法律专业。若仅仅为了考上研究生，这个决定显然很不理性，但反复操练以往经济学和高等数学的旧知识，边际收益已经很小，后来的经历证明，大胆进入法律专业这一知识盲区，为我打开了另一扇认识世界的大门。三年村支书任期结束，我也恰好"上岸"。七年备考加上三年硕士在读，一共十年时间，前五年自学经济学，后五年系统学习法律，30岁之前，我基本搭建好了自己知识架构的四梁八柱。所以，与其说是"7次考研"，不如说是"7年求索"；以考试论，7次有些太多，以求索论，7年则太短。若要说其中有什么经验可供借鉴，最初三次考试确实让我很有挫败感，建议科学合理地选择专业和目标，知识的积累到底是需要周期的。

第三，3次博士论文答辩无涉"内卷"。很多学子询问"申博"的技巧，以及对"学术内卷"的担忧等。2018年，我在第二个硕士毕业之后，经过长达十年的实践与深造，学历、经历、作品都比较充分，很快就申请到了农学、法学、经济学的博士入学机会，专业跨度很大，这是对我多年积累的肯定。我最终选择加入中国社会科学院农村发展研究所张晓山老师团队，也是基于对研究方向和过往积累高度耦合的一个选择。我博士一共读了四年，基本算正常速度。三年级时我申请了答辩，虽然也做了充分准备，但没能通过；半年后再申请时，我已经穷尽自己浑身解数，依然没能通过，这对我的自信心造成很大打击。后来在导师团队诸多师长的费心指导下，总算在第三次时圆满完成。博士毕竟是国家认可的最高学历，有较高要求自然是理所应当，我在这个过程中虽有狼狈之处，当时甚至痛苦不堪,但反过头去看,其实也很享受,与答辩专家反复进行碰撞,这是对一个博士进行系统化训练的必经过程,每一个优秀学者都是在煎熬与灼烧中实现涅槃的,从这个意义上讲,过度顺利,提前毕业,并不见得就全都是好事(当然有许多非常优秀的博士三年足以完成科研任务)。

第四,17年求学经历并不传奇。我17年漫长的求学经历,给很多朋友带来了"畏难情绪",也有不少网友指出,35岁的大叔才博士毕业,毕业即失业等。其实,在国内完成本、硕、博三个阶段的学习一般都在11年(4+3+4)以上,这还要保证每一步不停顿、不延长,如果其间变换培养单位、调整研究方向,都会或多或少地拉长周期,15年内完成都基本算正常,如果再加上中途的一些工作经历,17年时间也没有长到太离谱,35岁博士毕业,在我的同学中(至少在社科院)也只算个平均年龄。许多年龄略大的朋友千万不要因此而裹足,求取学历是对数十年人生积淀的回报,在这个过程中,能结识很多有趣的灵魂,一定会不虚此行。到了35岁这个年龄,其实很多朋友在各自的领域都取得了不俗的成就,如果一定要寻找我作为普通人的"典型性"，与一直在高校而没有机会去实践岗位锻炼的朋友，以及长期在工作岗位上没有获得学历晋升机会的朋友相比，我幸运的只是在于实现了理论与实践的充分结合。

2022 年 7 月
于北京中关村

如果让我重写博士致谢

原本，我的公众号不过千余粉丝，偶尔发些学术随笔和生活感悟。万万没想到的是，自己在毕业之际仓促写成的《可怜无数山》《以最卑微的梦》两篇闲文，居然能获得全网上百万的阅读量。如果我预知了这样的结果，相信自己当初坐在电脑前，一定会深思熟虑，不会那样草率、鲁莽、和盘托出，让自己遭遇这许多尴尬。不过，世间最是真情动人心。机缘当此，至今，我也不再患得患失。

最近毕业季，我去年写的博士论文致谢《可怜无数山》，又被很多媒体转载，伴随文章热度不减，也让我饱受争议。去年，我曾在《中国科学报》有一个专访，尝试回应并澄清一些事实，唯恐对年轻学子造成误导，是不得不做的疲惫应对。时隔一年之后，冷静地讲，我的经历只是一个非常普通的学生，在无助中求学、求工作、求生存的过程，当然不必将其"神化"，也完全不必将其"丑化"。

我从 2005 年（18 岁）到兰州大学草业学院读本科，到 2022 年（35 岁）中国社科院大学博士毕业，一共 17 年时间，（仅说学历深造）先后取得了兰大草业经济学士、中国人民大学农业硕士、兰大法律硕士、中国社科大农业经济博士四个学位（其间也在某乡镇政府、某省属国企、某央企总部、某上市私企工作或实习，每段经历都弥足珍贵，相关收获可翻阅前文）。因学科跨度太大，在准备应试、角色融入、完成科研任务等方面，都投入了较大的时间成本。

尤其是关于"7 次考研，3 次博士答辩"的经历，被一些没有清楚了解事实的人贴上"学历偏执""贩卖焦虑""智商不及格"等标签。本科毕业的 10 年时间里，我迫于生存压力，始终处于边工作、边自学的状态，因工作需要和兴趣使然，前 5 年自学经济学，后 5 年系统学习法律，读完了人大农业硕士、兰大法律硕士。在 30 岁前，我基本搭建好了自己知识架构。学历不是终极目的，只是成长过程中的一个副产品，学到真正有用的知识才最重要。反过来讲,有学历的人未必都是真有学问、有真学问。

"17年时间"带来的视听冲击。其实,在同一或相近专业里读完本、硕、博,正常也需要约12年时间(本科4—5年,硕士2—3年,博士4—5年,硕博连读会略少),更何况横跨三个一级学科,仅仅要完成本、硕、博入学考试,就要费很大的气力。而知识的积淀则更加漫长,比如没有经历过正规法律训练,当过律师,在法院、检察院工作过的人,自学考入法学院之后,对法学经典、司法实践等诸多细节必然存在迷茫。同样的道理,通过自学勉强考上经济学博士,想要比经济学本、硕科班出身的同学取得更好的学术成果,在现有评价方式之下也是一件很难的事情。

当然,许多善意的朋友和师长,透过这些文字,看到一个少年在生存重压之下,数十年挑灯夜读,汗流浃背的挣扎,完成了很多基础知识的学习和积累,其间大胆脱离体制去深造,打破学科藩篱充实自我,在清贫中怀抱理想,不曾中道辍足,恐无半点虚言。如我的博导张老师点评:"人人心中有,人人笔下无""借你的酒杯,浇自己的块垒"。至于我的文字是否"读哭100万网友"，活成了很多人心中的"一道光"，"照亮了别人前行的道路"，这是我不敢去奢望的。对于前途一片光明的人，自然无须我这种萤火虫量级的微光。请求朋友们，完全不必非要就此达成共识。

另外，关于我的就业去向，2022 年博士毕业之后，我就回到母校兰州大学草业学院草业经济系任教了，从事草地农业、农业伦理、农业系统史等方面的教学与科研工作，现在是学校里一名普通的教职工。我的领导兼导师任先生常告诉我："坚持做金字塔式的学者，不要成为细竹竿式的学者""不要打了个好基础，最后盖了个茅草屋"。我自知年龄大、基础差，太多课要补，须臾不敢待耽。所以我婉拒了一些媒体的采访，抱歉一直没有去回应争议和更新信息。

若单以深造来论，17 年漫长到难以忍受；若能以成长论，17 年则转瞬即逝。从 18 岁前往兰州上学，到 35 岁返回兰州工作，这 17 年间，我经历了很多颠沛流离、辛酸无助、生死别离，现在进入了世俗眼里的"稳定期"和"舒适区"。这 17 年，我和很多奋斗者一样平凡而寻常，不过是学习、实践，再学习、再实践。"回首向来萧瑟处，归去，也无风雨也无晴"。唯愿成就配得上苦难。

我常怀感恩之心，感谢在这个青涩的年纪，得到这么多师长的指点，这么多朋友的关心。也祝福毕业季的学弟学妹们，"愿你们一路平安，桥都坚固，隧道都光明"。待到山花烂漫时，我们顶峰再相见！

欢迎朋友们来兰州交流和游玩。

2023 年 6 月

于兰州苨草间

小镇青年

时代巨轮劈波斩浪，如我这般微如泥沙、小如野草之人，写的这些有关原生家庭、成长经历、心路历程等私人化的文字，对别人及社会有什么普遍意义呢？这些文字，是在完成自己、治愈自己；是在用生命影响生命，用灵魂唤醒灵魂；更是通过书写个人史，来记录社会史和时代史的一鳞半爪。那每一个与残酷命运疯狂缠斗的瞬间，至今都令我怦然心动。

家族中的最幸运

我在互联网上出了名，但村里镇里的人并不知道，他们守在自己的时光里。2022 年，我因为一篇博士论文致谢《可怜无数山》被广泛关注，暖心的网友们来信，愿我"今后的成就不辜负曾经所受的苦难"。只是亲爱的读者朋友们，我所经历的苦难，与村里镇里的人相比，根本算不了什么。我不但不是"最可怜"，反倒是"最幸运"的一个。

我父亲兄弟三人都短寿，大伯 42 岁去世，二伯 43 岁去世，我都没有见过。我爸最小，也在 47 岁就去世了。庄稼人，生得偶然，死得随意。

我这一辈堂兄弟 6 人，我大哥是 1965 年生，我1987 年，相差 22 岁，与这古老的村庄相比，这点时间就在转瞬之间。我排行老六，村里人都唤我赵老六。我大哥常给我讲过去的事情，就好像用他那双粗糙无比的大手，一遍遍拂过这贫瘠的土壤、荒凉的山岗。

我大伯和大妈短暂的一生中育有 3 个儿子、3 个女儿。1977 年我大姐 16 岁出嫁，为换点彩礼钱，给我大妈治病。1978 年大妈 39 岁病死，1979 年大伯 42 岁病死。家里留下 5 个未成年孩子。那时，我大哥只有 13 岁，最小的三哥只有 8 岁。家里有一只窑洞，一个土炕，一大一小两块被子，一条裤子姊妹们换着穿。

那年，我大哥初一没念完就辍学回家谋生，因个头太小，力气也不够用，既拉不住牲口，也扶不住犁。1979 年包产到户，分队分地，我大哥一家，共分到 2 只绵羊，2 只山羊，1 头耕牛，在经营这几个牲口的过程中，让他悟到了求生的方法。他一边放羊、一边倒卖，慢慢走上了放羊人和经纪人的道路，从此，这点技能就成了他一生的职业。

慢慢熬到成人的年纪，爷爷主持着，通过"换亲"的办法，给我大哥、二哥娶了媳妇。后来，我在北京读书，参与某乡村社会学的课题，提到"换亲"一事，很多大城市的同学鲜有听闻。而在我家里，两个哥哥和两个姐姐，都是通过"换亲"才得以组建家庭的。

我二姐嫁到董家，把董家的女儿换回来给我大哥做媳妇，就是我的大嫂。我大嫂生病多年，48岁就去世了。而我二姐嫁到董家吃尽苦头，一生没有生育，53岁死了丈夫。我三姐16岁嫁到余家，换回余家女儿做了我的二嫂，而我三姐在余家不堪忍受家庭暴力而出逃，失联20多年没有音讯，我几乎记不得她的样子。

我大哥二哥用两个姊妹换到了媳妇，还剩下我三哥一个男丁没有媳妇。他只好四处打工挣钱，去定远煤矿下井，在青海盐矿背盐，攒够3800元彩礼，娶了一离妇做妻，就是我的三嫂，后来在我三嫂的操持之下，我三哥一辈子的日子过得最殷实。

我五六岁能记事的时候，我三个哥哥刚分家。大哥分到了一只窑洞，和我大嫂，两个侄女，以及几头牲口，同吃同住在一个窑洞里。我清晰地记得，那时候窑洞里弥漫着牛粪的味道，牛背上硕大的苍蝇经常飞到人脸上来。

村里的张三、李四、王五，他们的命运也大抵如此。叫什么名字并不重要，甚至有没有名字也不重要，就如同野草一样，在这山谷里，一季又一季疯长或凋谢。一代代人，影影绰绰，真实到近乎虚无。

大哥给我讲了很多经营牲畜的往事。他不到 20 岁就跟着贩子去牲口市场，两条腿跑着到各乡镇赶集，一天能走几十公里。有时会遇上大雨，有时会遇上风雪，有时会走夜路。你可以想象，一个少年披星戴月，赶着一群羊，迎着月光，迎着风霜。高原上的朔风，从来都没有将他心中的那盏灯吹灭过。

直到 2000 年前后，他终于有了一辆自行车。直到 40 岁，羊价过了千、牛价过了万，他才慢慢开始有点积累。我大嫂死得早，留下 4 个女儿。我大哥说，直到 4 个侄女长大成人，孩子们知冷知热，他才活得像个人，"要不，一辈子活得连个牲口都不如"。

大哥说完这句，点上了一支烟，陷入了沉默，沉默得如此深沉，以至于我可以清晰地感受到他的颤抖，他的呼吸，他的往昔。

清明节，我们几个弟兄在山岗上上坟。哥哥们都说，老赵家祖坟冒青烟，才出了老六这么一个人才。我难为情地苦笑，说些自己这些年的不容易。我大哥会立即跳起来批评我："你受过啥苦？啥事不容易？整个家族里就你最有福！"他的话，像这山谷中藏匿着的很多祖先们的眼睛，锐利无比，寒光四射，在这空灵的山谷间，激起一阵阵回音。

　　大哥的批评最治愈，在我极度疲惫的时候，常常会想起那句"像牲口一样活下去"。

姑姑嫁到董志塬

我爸除了兄弟 3 人外，还有 4 个姐姐。我大姑嫁给夏家，不到 30 岁就死了，我从来没有见过。二姑、三姑都在青年时期死了丈夫，守了一辈子寡，我也从来没有见过我的二姑父、三姑父。前些年我在外奔波，二姑、三姑相继谢世，我与她们的交集也没有太多，只记得每次见面，一说起我爸，就是哭，哭娘家，哭自己，哭不完的悲惨命运，听得令人窒息。

只有我四姑和四姑父健在，我小时候也最受他们疼爱。18 岁上大学之前，我脚上穿的不同季节的布鞋，都是姑姑在油灯下，一针一线纳的千层底，姑父骑着自行车，飞奔几十里山路给我送鞋子。后来姑姑在给牲口铡草的时候，被铡刀割去了右手最灵巧的大拇指，往后再也捏不住针线。我结婚时，因为没能给我纳一双鞋垫子，为此她还自责不已。

四姑生于 1957 年，1975 年 18 岁时，被我爷爷以 700 元彩礼卖到了董志镇的李家，换钱来供我爸上学。这里所说的董志镇，就是教科书上经常提到的黄土高原保存最完整的地方，民间有俗语说"八百里秦川，赶不上董志塬一个边"。若此言非虚，我爷就算把我姑嫁到了富贵殷实之地。

1979 年包产到户，我姑父一家在分队时分到了 1 只山羊和 6 只羊羔。新的生活就是从这 7 只羊开始的。后来羊群发展到 50 多只，100 多只，至此就维持了种群数量，在废弃的箍窑做的羊圈里，满满当当地叫个不停。四十多年来，姑姑和姑父的生存之道，几乎都是围绕这些羊展开的。这么一件小到不能再小的事情，不知不觉中，就消磨完了他们的一辈子。

从我有记忆起，每次去姑姑家，家里人的日常生活，都离不开放羊、打草、割草、粉料、卖羊、垫圈、沤粪等，和着那连绵不绝的咩咩声。有一次一只母羊难产，需要人工协助，家里属我年龄最小，手也最小，可以把整只胳膊都塞进母羊的阴道里，但我完全不懂羊羔接生的技巧，还是没能救得下那只待产的羔羊。

姑姑和姑父都是村里的养殖能手，虽然从养殖数量上讲，他们只能算得上微型散养户，但他们积累了丰富的养殖经验，算不上标准化养殖，但一定有精细化管理。我随姑姑赶着羊群去沟里散步，她随手给我指到，跑在前面的是山羊，攀岩和奔跑能力很强，其他的还有绵羊、湖羊、奶羊、小尾寒羊等。哪些繁殖能力强，哪些性格最温顺，哪只羊怀胎几个月，哪只羊感冒还没好，以及哪种草羊最爱吃，哪里的泉眼水最旺。好多知识讲不完，令我这个草畜专业的学者都叹为观止。那是因为，她年复一年，在一个又一个骄阳或月色中，一场又一场的大风或雷雨里，走遍了这沟沟峁峁。

姑父年富力强的时期，买了两头骡子，给村里人耕地、播种、上肥，农忙季节天没亮，就摸着黑起来套牲口。他一直跟着这两头高大魁梧的骡子，奔忙在风雨里，用双脚跺击着黄土大地。直到20多年后，这两只骡子相继老死于槽枥之间。他60岁那年，初冬下了一场薄雪，出山放羊时，从崖间滚落，摔断了锁骨和几条肋骨，昏迷在山沟里。夜幕降临后，不见姑父回家，当时又没有通讯设备，姑姑在山羊的帮助下，才找到姑父，叫村里人抬到医院，捡回一条命来。

现在姑父已经70多岁，还整天在沟里放羊、捡杏核、摘花椒、打酸枣、割苜蓿，忙得不得了。一说起这些，他就两眼放光，对着我大声吼道："年轻人不知道，那沟里全是宝。"他蹲在土炕边，顺手卷一支旱烟，边抽边嚷嚷着，如村里人致富的经验、新盖的砖房、娶回来的外地媳妇、考上名牌大学的娃娃。岁月还没有让他服帖，他还不认命。

我表哥表姐和我年龄相仿，青少年时都没有读完初中就外出打工。我表姐遭遇婚姻变故，现在还一个人带着娃在市县里做些针头线脑的小生意。我表哥在工地上干些体力活，被机器轧断了手指。我劝他回来继续搞养殖，这些年农业政策好。他说死活也不会再跟我姑父干这一行了。

每次我离开的时候，姑姑都拉着我依依不舍，给我装她晾晒的枣、核桃、花椒、杏皮、黄花菜。我一回头，看到整个院子里，100只羊、20只鸡、10只狗、2只猫，一片鸡犬不宁、杂乱无章的景象，再看到姑姑衣衫褴褛、满头银发，我就说不上有多难受。

我想告诉她，这把年纪，有些土地不必再犁，有些种子不必再撒，有些羊羔也不必等到它长大，因为播种和收获都已结束，何必枉费太多气力。

山野深处的童年

1987 年年底，我的人生从一个洞穴里开始。父母在老家半山的窑洞里生下我，由爷爷奶奶照料我长大。我的童年，被随意丢弃在这荒野里，只接受风、阳光、雨露的教育。枯也寂寂，荣也寂寂。

20 世纪 80 年代末的甘肃农村，还处于深度贫困状态。我家共有 4 只窑洞，1 只做厨房，2 只住人也囤放粮食，1 只偏窑养几只牲口。我现在都记得，在那漆黑的窑洞里，没有通电、没有通水，除了烧土炕之外，再没有取暖设备。夏季蚊虫叮咬暂且不论，冬季窑里的水缸总是结着厚厚的冰，每天早晨要用锐器凿开冰面，才能取水造饭。

母亲因请不到产假，我也没吃几天母乳，加之当时经济条件极差，辅助的乳品等营养物品奇缺，为此，我爷爷买了一只奶山羊，供初生的我补充营养。庭院旁那棵拴羊的歪脖子苹果树，很多年后还矗立在那里，直到所有人都离开。每一个春天，它在角落里怒放，每一个冬天，它在寒风中吹彻。

新生的婴儿，除了基本的营养之外，还得匹配起码的卫生条件。当时只有乡镇街道才有卫生所，但交通条件极差，从村里到最近的乡镇，推着自行车走山路，来回得好几个小时。生病了只能问计于周边的赤脚医生，或老人积累的各种土方子。

当时没有通讯设备，我一旦感冒发烧，爷爷得托村里去乡上赶集的人，给乡镇中学里上班的父亲捎话，根据传话人捎来的症状，我父亲再去诊所买药。一来二去，信息失真，耽误时辰。药物由爷爷奶奶两个不识字的老人负责饮喂。想必在那昏暗的煤油灯下，吃错药、吃过量、不对症的情况应该是常有的。

很多往事早已无从得知，我的爷爷奶奶去世得太早，没能告诉我这些细节。我的爸爸也去世得太早，没等到我对这些细节感兴趣的年纪。有时候，我对曾经那些无从得知的细节，充满了好奇，也充满了恐惧。三十年茫茫生死，物换星移，草埋幽径，均为陈迹。

1990 年，在我 3 岁的时候，奶奶猝然去世，没人能照顾我，于是又被转手寄养在舅舅家。舅舅家有两个表哥，大我六七岁，在那个赤贫的年代，大家都在温饱线上挣扎，谁养活一家人都不容易。我妈应该是经常回娘家的，但她似乎并不关心这一堆打闹的孩子中，哪个是自己的儿子，我也不关心那一堆说话的大人中，哪一个是我的妈妈。

1993 年我 6 岁，到了上学的年纪，爸爸把我接进镇里。我走后，老家只剩下爷爷一人，他年老昏沉，孤苦伶仃，经常说想念我，说我是老赵家的顶门棍。我爸总把我放在自行车前的座位上，捎我回老家看望爷爷。

夏秋季节，野菊花开满山坡，崖畔上、谷底里、田埂边、石头缝，一簇簇、一片片，流布到了我童年的每一个角落里。冬春季节，冽风如刀，从四面八方扎过来，痛到四肢完全失去知觉。我爸蹬着自行车，逶迤在漫天飞雪的山谷中，还要不时地问我冷不冷。他的那些问候，全部落在我的记忆深处，经年不化。

塬边有一只大白狗，总是无人看管，每次走到这里，我们都屏气敛息地偷渡，可是不管怎样蹑手蹑脚，它还是不期而遇地出现在我们的面前，疯狂地撕咬一番。我爸挥动一根木棍，与白狗对峙、激战、咆哮，舞成一道霞光，在这荒野里，像一个笨拙的剑客。

后来，我一次次在梦里，梦见年轻的爸爸，把我放在自行车头的摇篮里，飞奔在那条山路上，快马轻裘，回家看望爷爷。

现在，故人尽殁，我常独自一人回到老家，坐在残阳里，看那断壁颓垣，陋室空堂，衰草枯杨。除了满眼的荒凉，目光已无处可栖。土墙、黑窑、顶门棍、泥炉子、土灶台、旧农具、歪脖子树，这些无一例外，都是我今生今世的证据。

三十多年匆匆流走，有些记忆却随着年岁渐远而越发清晰可辨。如果我侥幸能活到八十岁，前四十年时间，都是为了离开这里；我想用后四十年时间，再走回到这里，这样一辈子就刚完满。我若消失，那是我又回到了生生不息的轮回中，生死如一地归属了这片土地。

三千年读史，不外功名利禄；九万里悟道，终归诗酒田园。

小学里最丑的男孩

　　我小时候没上过幼儿园，直接上了小学。入学那天，既没有新衣服，也没有新书包，家长凑合着找了个挎肩的布袋，里面似乎也没什么可装的。到了学校也没有欢迎仪式，记得一大群孩子戳在一排老旧的土坯房底下，一戳就是三天，也没人来训话，让孩子们就地坐下，也没人来倒杯水，更别说发个红包和糖果之类。

　　三天后终于等来了上面的号令，说是可以进教室了。教室里没有几个腿脚完整的凳子，旁边放着和小孩子的身高极不相称的旧木桌，吱吱扭扭，摇摇晃晃。桌面上满是刻痕，里面布满经年未除的污垢。书桌没有抽屉和桌框，用粗麻绳编织的桌兜牵拉在桌子下面，可把原本也没装什么东西的书包塞在里面。

　　我小时候性格懦弱，言行木讷，相貌丑陋，还经常流着鼻涕，也不怎么讲卫生，不讨人喜欢也在情理之中。一年级时经常被班里的同学抠破脸，我对这些处境格外地麻木，居然没有极度厌学，或因此想逃离学校。当然也绝不喜欢，都是按照大人的要求，例行公事去报到。至今我都常想，为什么所有孩子都要被送上这条固定的流水线，并将其视为唯一的成长方式？

师生关系要比同学关系更加恐怖。记得有一次上课，老师对我提问，我还没来得及张嘴回答，便立即遭到老师两记响亮的大耳光，他凶神恶煞地质问我："为什么不站起来回答老师的问话？"在我幼小的心灵中，师生关系就在火辣滚烫的感觉中迅速建立了起来。原来，教师是一种必须站起来才有资格与之对话的职业。以至于18岁来兰州大学读书，老师一问到我的名字，我便条件反射一般立即起身喊"到"，常常因此把老师和身边同学都吓一跳。

我上了小学二年级，还经常上课憋不住尿，要给老师请假出去上厕所。有一次数学课上，我要小便，就去找老师请假，那个男老师一把揪住我，朝我脸颊就是四个大耳光，扇完以后还戳着我的鼻子说："滚回到座位上去，上课时间哪有去解手的道理。"我就站在原地，吓得尿了一裤子，在冰冷的冬天一直挨到放学回家。

在我的小学里，也有过一些美好的记忆。我的语文老师兼班主任安老师，她不但没有嫌我丑、嫌我笨、嫌我脏，还给我很多鼓励，夸奖我是班里的小作家、小画家、小书法家，虽然后来我什么家都没做成，但这些鼓励，足以让当时卑小的我，找到了存在的意义。

记得二年级时的国庆节，学校组织了歌唱祖国的歌咏比赛，要求孩子们必须穿上黄绿色的军装，那个年代生活水平普遍很低，但大家东拼西凑，都弄了些黄黄绿绿的衣服，凑合着能上得了场。但我硬是没有找到类似颜色的衣服，穿着一件被洗到褪色的灰色布衫，被藏在了队伍深处。我记得那天比赛唱的歌，叫《毛委员和我们在一起》。

后来，我爸终于攒够钱，要狠下决心给我买件衣服的时候，就买了一件黄绿军装，以便下次歌咏比赛的时候能派上用场，后来学校再也没有组织过歌咏比赛，但我的那件黄绿军装，一直缝缝补补，穿到小学毕业。似乎是随时要我为突如其来的歌咏比赛去一展歌喉。

长大后，我读过美国石油大王洛克菲勒的故事。作为世界首富，洛克菲勒的笔记本里一直夹着一张小时候的班级合影，不过合影里却没有他，因为他的衣衫太破烂，在照相时，被老师临时请出了队伍。

我很庆幸，当年的歌咏比赛中，我没有因为衣着破旧，而被安老师请出队伍。她对我的关照，曾温暖了我的整个小学时光。竟然没有一个机会，可以给她说声谢谢。

中学里的逆境教育

中学时代，是一个孩子可塑性最强的时期。恰好在那些年，我父亲病重，和母亲奔波于各大医院。翻开我中学的日记本，里面写满了无助和惊恐。

我原本是一个懦弱敏感、资质平庸的男生，但被恶劣的生存环境，硬生生逼退到角落，最后彻底激发了我的好胜心，从此跃马扬刀，为了报仇而读书，非要靠英雄主义来救赎自己。这就是我的全部少年。

直到过了而立之年，我才慢慢治愈，逐渐从那苦大仇深之中，活到了欢天喜地的年纪。翻过山巅，笑谈一路云淡风轻。这些转变的发生，也是我写作这本书的目的之一。我想告诉那些在黑暗中艰难前行的孩子们，逆境或许是"最好"的教育。

一

我的中学坐落在甘肃一个贫困的乡镇里,上初中时乡镇街道不过百十来米,除了乡镇政府、卫生所和这所中学外,还有零星的个体户。那些最早在街道上炒瓜子、卖茶叶蛋、兜售的确良衬衫的人,是那个世界里的先觉者。时间已经到了90年代,但这个小镇依然封闭到近乎与世隔绝。

我上初中时,这个中学要修建一座6层高的教学楼,挖掘机、压路机、搅拌机等奇奇怪怪的机器来到这里,村镇里的人们从来没见过,整夜不肯回去睡觉,守在工地上围观。推土机的发动机轰鸣的时候,大家兴奋不已,很多人的一生中,从来没有见过这样浩大的场面。

这座大楼修好后,在这个镇子上算是第一座现代化建筑,与周遭的土坯平房相比,显得是那样雄伟和另类。周边的学子们都慕大楼之名,前来这个中学求学。因为在家长们看来,这座教学楼的高度,决定了当地对教育的重视程度。

当时的条件依然非常艰苦。很多班级的教室还在平房里,几根微弱的白炽灯管悬在黝黑的房梁上,为学生的早读和晚自习照明。停电是经常发生的事情，学生需要自带煤油灯或蜡烛，我现在都记得小时候在校园里排长队买煤油的场景。我以前总嫌那些教室里的灯光不够亮，看坏了眼睛。而现在才发现，人一生其实并不需要太多灯光、月光，和不必要的明亮。白天的时间足够用，只要你别轻易辜负了太阳。

冬天，教室的窗户玻璃在凌乱的寒风中彻夜作响，教室里冻到滴水成冰。讲台旁边有一个火炉子，要学生们轮流从家里带干柴来生火。住校生的条件最艰苦，睡在教室后面的大通铺，吃咸菜和发霉的馒头，"睡着干板凉床子，吃着开水涮肠子"。我是通宿的学生，虽然回家也不一定能吃到热饭，但相对自由和方便很多。

最让人难忘的还是学校令人崩溃的厕所，隐在校园最偏远的角落里，排泄物要靠人工掏除。每到盛夏，气味不得不让人屏气敛息，粪坑里成千上万的蛆虫永不停歇地做着杂乱无章的无规则运动，还时常有发育完全的家伙爬出深坑，跑得满地都是，不留神就爬到你的鞋上来了。行人总能面不改色地走在地面上，踩得"噼里啪啦"作响。到了漫长的冬季，排泄物被牢牢冻住，耙粪工作极为不易，所以经常是粪便堆积如山，以致行方便的人都没法下蹲。

后来我去大城市上大学，第一次见到城里的厕所，地面上居然铺着瓷砖，你无法想象这给当年的我带来多少震撼！人常常惯性地生存在自己的小圈子里，天长日久的集体无意识，让他们丧失了对脏乱差的判断能力。嗅觉迟滞，审美疲劳，致使极端恶劣的处境都能让人面不改色心不跳。

二

中学要求学生凌晨五点多起床早读，四下漆黑一片，公鸡还没有打鸣，村庄还在沉睡。只有这个乡村中学，亮起了两根昏暗的白炽灯管。孩子们睡眼惺忪，看不清书本上的文字，但必须放声朗读，以营造悲壮的刻苦氛围。不知道在后来绵长的人生里，大家荒废了多少宝贵的年华，是否为当年那样的争分夺秒，感到过荒诞。

学校对早读迟到的学生，往往有一系列严厉甚至恶毒的惩处办法。我当时年龄太小，家里没有闹钟，父母又不在身边，常常难以早起且准点到达，经常被班主任当众殴打。有一次我迟到了不过一两分钟，刚一进门就被班主任几个大耳光，说是帮我"醒醒觉"。我被打了个趔趄，后退了几步，他又从讲台上一跃而下，一脚踢在我的胸膛上，我应声倒地，将旁边的书桌撞翻，书本、笔盒，连同我的自尊心，散落一地。

为此，很多个刺骨的凌晨，我从噩梦中惊醒，狂奔到漆黑的教室前，才发现来早了一个小时，就在教室门口搓手跺脚等到天明。有谁知，一个13岁的少年，家庭遭遇重大变故，没有父母的陪伴照料，又在学校遭受教师毒打，他脆弱的心里是否盛满了眼泪？今天我已经是个大学教师，如果我从那无垠的黑暗里经过，我一定会帮那个少年擦干眼泪，扶好书桌，捡起自动铅。但没有这样的一个人，从我的人生经过，我必须学会独自面对，自己面对魔鬼。

后来，我和同学们回忆起这些往事，大家都取笑我，说我挨的打太少，不够皮糙肉厚。谁还不是在教师的暴打和蹂躏当中长大的？铁掌脸上飘，江南无影脚，湿毛巾甩脸，高跟鞋踢裆等，这些"必修课"的"学分"都得修够才能毕业。一个人在众目睽睽之下，以近乎表演的方式殴打另一个人，挨打者不敢发出一丝不满，稍有抵抗换来的一定是暴力的再升级，而观望者也没有一个人上前阻拦。这样的场景，不是发生在监狱、看守所，或其他什么魔鬼出没的地方，而是在我们很多地方的中小学教育中。

更令人发指的是，我们还要开班会公开投票，选举班级"坏分子"，或者定期召开小组会议，让同学之间揭发坏人坏事。这些手段，让我至今想来都觉得毛骨悚然。有一次公开选举中，我居然"荣获"一票，成为坏分子中的一员，这对品学兼优的我来说，内心受到巨大刺激，很久不能平复。但又有谁在乎过，那些每次"得票最高"的同学们，他们在那个懵懂的年纪，是否羞愧于自己"坏分子"的称号，而苦苦煎熬在自尊心极强的青春期里。

庆幸的是，我的内心足够强大，足够嫉恶如仇，无数次被边缘、被漠视、被欺凌，彻底激怒了一个少年，从此踏上了一条"为了报仇而读书"的道路，我发誓要站到舞台最中央，让他们看看。

当然，后来我通过努力考上重点大学，读了硕士博士，现在忝列高校成为一名普通教师，也并没有成功到哪里。但作为一名职业教师，我对那些所谓"爱生如子""敬业奉献"的标榜始终报以审慎态度。大家都是挤破头混碗饭吃，别跑出来说得这么吓人。

教育的方式千差万别各有不同，但最大的秘诀就是爱人。不去尊重别的人，也不配叫作人。

三

我的中学时代，多数时候，是和大我一岁半的姐姐两人一起生活，两人都十二三岁的年纪，每天饥一顿饱一顿、冷一顿热一顿，胡乱吃喝着过。也受到过不少帮助，至今令人感到温暖。

我的邻居白老师，经常借他家的固定电话，让我可以和外地住院的父母取得联系。我父亲的同学兼同事郑老师，经常会来我家探望，关心两个孩子的吃住和学业，他是一个充满悲悯之心的乡村教师，在那个荒蛮的世界里是那样地稀缺，以至于后来不得不离职远走他乡。我的两个远亲的表姐和表姐夫，都在那所乡村中学教学，也时常给我提供一些帮助。

在那遥远的山村中学里，也有不少善良的好老师。比如我高一的班主任席老师，力挺我这个懦弱无能的学生担任班长，为我塑造起坚强的性格。我的化学老师李老师，不仅注重培养学生对化学的兴趣，还在我深陷低谷时，在我的作业上写下"再创辉煌"的留言，悄悄鼓励不留声响。还有我的地理老师路老师，他在那个体罚学生泛滥的年代，始终秉持温文尔雅的儒者风范，让人如沐春风。他们的一生都在那个遥远的小镇里度过，深藏功与名，唯愿其教者风范，不要淹没于滔滔人海。

后来我去兰州、北京上学深造，结识了很多优秀的同学朋友，偶尔会聊起他们的中学时代，别说北京四中、人大附中这样的全国名校，以及甘肃省兰州一中、西北师大附中这些省内名校，就和庆阳市里的一中、二中，或者县城里的一中、二中相比，我们那所坐落在贫困乡镇的中学，从各方面讲都谈不上好。但在那么恶劣的环境中，依然有不少老师、学生充满人性的光辉，虽然不曾光芒万丈，但也足以鼓舞人心。

我不歌颂苦难，不赞美逆境，但我依然要感谢命运，塑造了我永不服输的顽强品格。虽然我无法评估，那些少年时期的挫折教育和逆境求生，带给我的究竟是好处更多，还是伤害更深。讲出这些故事，是想让更多的读者孩子们，看到这些"寒彻骨"的文字时，能够变得更加坚强，确信今天的坎坷，都在为自己的未来塑造着形象。

最后，我想用席慕蓉的一首小诗作为本文的结尾："我只是想再次行过幽径，静静探视 / 那在极远极暗的林间，轻啄着伤口的 / 鹰 / 当山空月明 / 当一切都已澄净。"

父亲走出了时间

2008 年，我还在大学三年级，冬天放寒假回到家，踏进门槛的那一刹那，看到很多亲戚正襟危坐在屋中，我不知道发生了什么事情，大家要给我搞这么隆重的仪式。我妈拉着我的手说："你爸没了。"以今天我对我妈的了解，她那样的懦弱和没有主见，居然能把这么天大的事情憋这么久，也算是她一生做过的最冒天下之大不韪的事情了。

转眼 16 年时间过去，这些年我经常梦见他，大多是梦见他没有死，半睡半醒的时候，要反复拧自己的大腿，来检验是真是假。

一

我爸是一个乡镇中学的数学老师。除了课业之外，他还要种地、收麦、碾场、推磨、割草、喂鸡、摘黄花菜，和农民没有任何区别。他从小镇里教书回来，骑一辆破自行车，后面夹个镰刀，或者操一把铁锹，就下地干活去了。一截短粉笔，一辆自行车，几把旧农具，如此简单的工具，就对付了一生的事业。

我爸生于1961年。在他的青少年时期，国家经济困难、时局动荡，人们吃不饱、穿不暖，他生长的地方交通不畅、与世隔绝，我们整个家族世代农耕、家境贫寒，没有先辈、族人、亲戚曾在读书这件事上有过积累。

我爸14岁那年，居然没有留在地里干活，而是背起被褥行囊，第一次走出村庄，步行来到20里开外的乡镇中学上初中。时间还停留在1975年，在那极度困难的环境中，他经历了一系列家庭变故，在没有一个人指引的情况下，头也没回地选择了去读书。我仿佛在时光隧道里，遇见那个盲目而莽撞的少年。他的这个选择，与今天我的生命中，所能发生的任何一种可能，都有必然的联系。

我爸在这所乡镇中学，一边读书，一边挣工分、修梯田，上山下乡、义务劳动，鏖战了三年高考，通过七年艰苦卓绝、百折不回的努力，于1982年考入甘肃省庆阳市高等专科学校（今陇东学院）数学系，成为家乡第一个大学生，乡里奔走相告，并以其为榜样。在我小时候，我爸经常吹嘘自己，如何叱咤风云金榜题名，我总是一笑了之，且不以为然。

直到2012年，我失魂落魄地回到老家工作，偶遇几位素不相识的同乡，提起我爸时均肃然起敬，言其都曾以家父为榜样。我才恍然大悟，开始重新打量他的光芒。他的成就曾激励这个封闭村庄里的无数后来者奋勇争先，其所达到的高度和具有过的里程碑意义，是即便直到今天，我如此挣扎，都未曾超越过的。他曾是如此耀眼和成功，他不曾辜负那个年纪。

我爸大学毕业后，依从国家分配，1985年回到他上学的那个乡镇中学教学，从此再也没有离开。1992年，正当而立之年，我爸突然查出重病，被宣告了苦涩结局，剩下的都将是生命与时间之间一筹莫展的鏖战，所有的梦想都将不再被提起，这是多么令人沮丧的人生。2000年，他克服心理重压做了一次大手术，2008年，只有47岁的他溘然病逝。

二

我爸短暂的一生中，要么在奋力摆脱饥寒交迫，要么在不停地面临生死考验。为了躲避黑暗中的礁石，他时刻都提心吊胆高度紧张，所以脾气一点都不好。

我小时候跟在他后面下地干活，给他帮些小忙，也会给他添乱，他经常会因为我没有捡麦穗，没有堆好柴，没有抱好一个西瓜，没有撑好装麦子的口袋，而对我一顿咆哮。我一个人委屈地站在田埂上，躲得远远的，只有风吹麦浪，才能看见他挥镰割麦的身影，像一道难解的数学题。

我爸在他所处的那个时代及封闭的地域中，所取得的一些成绩，主要依靠坚韧不拔的意志，和摸爬滚打的经验积累，有时也非常固执和局限。因为他的这种人生底色，使他对我总是羞耻教育、打击式教育，惯用艰苦环境和尖锐措辞来激我，导致父子之间的对话，经常缺乏一个相对温和的缓冲区域。

他常以孔子夸赞颜回的话来训导我："一箪食，一瓢饮，在陋巷，人不堪其忧，回也不改其乐。贤哉，回也。"这种十分艰苦、过度激进、超常透支的进取方式，破坏了人体生理的自我修复，危害了事业的健康持续，恐怕不能长久。他不会知道,有多少人因为过度努力而身心俱毁。就像他不愿承认颜回早死,与用力过猛有关一样。

我曾无数次地设想,如果他还健在的话,他会一本正经地坐在上座,漫不经心地用他驾轻就熟的口吻,把我讽刺得一无是处,无论我怎样勤劳也不得豁免。因为我的勤劳向来都是我资质平庸的罪证。当初我是以怎样的倔强,走上了这条艰难的读书之路,一直孤独地走到今天?设若他先知了这一切,是否会在临行前将我叫到床前,用最后一丝力气做徒劳的规劝?

转眼我已将近不惑之年,到了这个年纪,还要持续保持心力饱满、内心充盈、阳光无畏,其实并非易事。不能还像十年前一样,一味地把努力啊、奋斗啊、拼搏啊之类的话挂在嘴上,将自己逐渐耗尽,而是要在忙乱中学会保持松弛,形成一些健康的进取观,养成一种强大的心理建设能力,在这个极度"内卷"的时代,也是一项基本生存技能。

我完全能理解,我爸骨子里是个强者,只是心强命不强。所以他将目光投向子女,要让孩子"争口气",是因为他有太多"气不顺"的遭遇,要孩子肩负起"顺气"

的责任。但这不是孩子的义务，孩子有从容地选择自己生活方式的自由。当然，这是基于我今天的从容，我不需要孩子为我做什么，回报我什么，不会以孩子的长者、师者、恩者自居。因为我没有什么"气不顺"的事情。孩子有他的人生，这是基于父母内心完善的一个结果。

三

我家的山地上有许多老桃树，桃子成熟的季节，我爸要摘满两大筐，挑着扁担去集市上卖，换点粮食来对付青黄不接时的饥饿。他曾给我讲起，有时候会遇上倾盆大雨，他一个人挑着担儿慌不择路，桃子散落一地，独自在大雨中捡拾的场景。

后来很多年，我常常会想起这样的画面，忍不住想冲进雨里，为那个慌乱的少年撑起一把伞。可是，每一个人都在自己的生命中，经历倾盆大雨、漫天飞雪、无边黑夜、冰刀雪剑，我们谁也帮不了谁。泪水决堤也没有用，紧抓他的双手也没有用，枯坐在他的坟前也没有用。

我爸死后，我们把他埋在了当年那些老桃树下。那些桃树已经太老，每年春风拂过，不会再抽出新的枝丫，也开不出满满一树花来。我有时候提着镬头，兀自戳在这里，想起当年桃花仙子种下桃树，今天，谁在花下眠，谁在花前坐，谁要老死花酒间？

他只是被埋在了山野中，生死枯荣都与他毫无关系。而我被埋在了草莽与人群之中，卑微到与草木无异。尽管每一个春天，他都叮嘱我，要信心满满地辛勤耕耘。尽管每一个夏天，他都要求我，铆足力气大干快进。但这一切终究都是徒劳。草越锄越多，日子越过越荒凉。

2015年，我只身一人回到老家，搬完了他在乡镇中学剩下的最后一点行李，驱车离开的一瞬间，不禁泪水潸然。从1975年，那个不认命的少年，翻山越岭来到这里读初中算起，30多年来，那些沉积在平凡岁月深处，细碎恒钉的往事，都在这转身离开的一刹那，汹涌而来，叫人泪落如雨。

这一刻，居然如此寂寥、如此孤单、如此薄凉，没有一个人为此见证，没有一个人凝望目送，没有一个人道一声珍重。时境变迁，物是人非，如今他们都去了哪里啊？劳燕分飞、飞鸟投林，落得个白茫茫一片，真干净。

萃英山下我的大学

这是一篇我暂时很难完成的文章。以前我是兰州大学的学生，后来是兰州大学的校友，现在又是兰州大学的职工，每一个阶段、每一种身份，与兰州大学的互动及对生活于其间的理解都是不同的。如果我随后的职业生涯都在这里展开，那与此有关的写作，应该是刚刚开始。

我是 2005 年来到兰州大学榆中校区读本科的，那应该是我之前的人生中，最不寻常的一件事。因为在此之前，我没有到过省城，没有坐过火车，没上过网，没用过手机，没坐过电梯，没有进过图书馆，没有见到过黄河，没有牵过女孩子的手，更没有想到大学的厕所都会铺上瓷砖，大学的老师会和学生点头问好。这样的见识与认知，会让今天的孩子笑掉大牙。无数种初次体验，都在这个校园里发生了。

一

2005 年的榆中校区，还算不上漂亮，但对我这样一个从来没有踏进过大学校园的人来说，依然感到无比的新鲜。水冲厕所，塑胶操场，高大的图书馆，自由出入的自习室，窗口众多的食堂，五湖四海的同学，这都是我有生以来第一次见到。而一间宿舍里面居然只住 4 个同学，上床下桌，带着书柜衣柜鞋柜，这简直不要太奢侈，这一间屋子要在我们中学的话，至少也得住 20 个学生吧！

我贪婪地呼吸着新的空气，为各种从未见过的新事物啧啧称奇，并不断地表达我的满足。来迎接我的一位法学院的老乡，认真地告诉我："师弟你不应该知足，人一生都要不知足。"这是我入校后听到的第一个人生道理，和我父亲的叮嘱惊人地相似。毕业后，他曾和我一样潜身甘肃的一个乡政府，后来他通过不断的考试，先进入省厅，后进入中央部委，再次见到他，已经是近 20 年后的事情了。他用顽强的拼搏践行了"不应知足"。

　　入学第一周，草业学院举行新生开学典礼，60多名新同学济济一堂，时任学院副院长的王锁民教授，操着一口庆阳方言，畅谈学术人生与国际视野，令我这个连普通话都不会说的新生感到既亲切又震撼。辅导员王宣老师和班主任张建全老师，让我代表新生发言。凑巧的是，后来我在人大读硕士、社科院读博士的时候，又代表新生或毕业生在典礼上发言。遗憾的是，之前的很多讲稿都没能保存下来，以窥当时的心境。

　　新生入学的第一课，由时任草业学院名誉院长、中国工程院院士任继周先生主讲。草业学院每一届新生入学，年近八旬的老先生都要来送上入门寄语。令我难忘的是，任先生与新同学的互动环节，我第一个站起来提问，问题是"学草何为"，当时先生的回答，我已经忘记。但这个冒失的问题，却困扰我们很多年。

　　直到15年后，年过九旬的任先生在北京见到我，并将我招至麾下，成为先生的关门弟子，及农业伦理学研究方向的继承者。先生一定不会记起，效力于帐前的这个弟子，正是当年的那个莽撞少年，他已经决心以毕生之力去回答"学草何为"的问题。这些都是后话了。

　　在大学一年级里，大家忙着参加学生会、英语角、辩论赛、篮球赛、花样轮滑、中英文演讲大赛、班委会选举等，尽情展现自己的特长与才华。也不想落下每一场话剧、歌舞、名家讲座、明星演唱会，甚至包夜去看NBA、世界杯、韩剧、好莱坞大片等等。

我的每一个毛孔都浸泡在新的生活中，以此见证了自己的贫乏与成长。作为一个小镇青年，我需要一些东西来伪装自己，才能融入进来，哪怕是一点盲目的自信。从一个村庄走向一座城市，仅完成这一过程，就耗费了我很长的时间和很大的力气。

二

一年级的新鲜感很快过去，进入大二之后，大家纷纷开始投入到忙碌的学习之中，有关前途命运的很多话题，似乎一夜之间又被从高三的记忆中唤了回来。我大一修的高等数学、无机化学、有机化学、分析化学、生物化学、植物生理等专业基础课的成绩都很靠后，艰涩难懂的课业让我丝毫提不起兴趣。先不论"学草何为"的问题，就连"人生何为"的问题都令人备受煎熬。

我跟在优秀的同学们后面，奔忙于天山堂（教学楼）、贺兰堂（试验楼）、昆仑堂（图书馆）之间，一边继续在草业学院学习草原学、畜牧学、种子学、饲料学、动物营养学等专业课程，一边跟随管理学院学习管理学原理、经济学原理、会计学、营销学、人力资源等课程，极大地拓宽了学科视野。必修与选修的课程多到把所有时间都塞满。无论吃着 1.8 元一碗的牛肉面，还是攀爬萃英山的云梯，我时刻都不敢放下对"人生何为"的思考，生怕一不小心，把人生搞砸。

为了能更快地找到答案，我还利用有限的课余时间，在昆仑堂的书海中遨游，文学、历史、哲学都给过我不少启示。当年，高校里流传一句话叫"男生必读王小波，女生必读周国平"，作为男生的我却读了太多的周国平，几乎成为我那个青涩年纪里的精神灯塔。又在其影响下，溯流而上去读了尼采、叔本华。他们的孤独和悲观，给我以极大的影响，帮助我走过很多伸手不见五指的黑夜，让我经历挫折依然永葆爱心。我在当年的日记里写道："孤独，是一切生活体验的最高姿态。孤独使人蜕变、使人奋进、使人爆发。灵魂独唱之时，便是信仰发光之日。"

20 岁的年龄，不应该到处交朋友、疯狂谈恋爱、闯荡大世界吗？至今我都非常遗憾，在那个本应轻松的年纪活得太过严肃认真。我在当年的日记里写道："我总是那么认真，那么辛苦，那么痴情，那么执着。认真地去幼稚，认真地去糊涂，认真地去认真，认真地编织着自己的故事。我宁愿用幼稚和糊涂的方式认认真真地走完我的人生路。有朝一日打开这一路上写下的日记，就仿佛又碰见了那个年轻时的自己，这邂逅应该是多么感人的一幕。"

忙碌的大二，我做了也做成了很多事情，多项专业成绩都取得了优秀，综合绩点由入学时的全班倒数提升为班级前列，外语过级等重要考试也取得了不错成绩，拿到了丰厚的奖学金。接下来，我需要进一步聚焦学科方向，为随后的深造做好规划。

当年，我做了一个现在看来很不合实际的决定，我放弃了继续在草业专业深造，转向了经济学方向，自此踏上了一条艰难而又倒霉的转型之路。

三

自此以后，我深陷在全天候的读书生活中，几乎读完了数十本当时国内、国际高校通用的经典经济学教材，做了大量的学习笔记。那个年纪，没有接触过社会，对读书和读书的目的，尚有太多美好的幻想，充斥着年轻的精英主义梦想。现在回头再去看，读书的重要性自然不言而喻，但读书是为了能更好地做些事情。做成事情不一定要通过读书，只因读书是一条捷径罢了。

当年的日记里，我这样写道："万般皆下品，唯有读书高。不管我身在哪里，从事什么事情，只有当我忙里偷闲，有书可读的时候，我才会觉得青春常在，生命尚存，感觉自己还算活着。而其他的大多数事情都是价值无涉，毫无意义。不管那些低级操作的拙劣经验，繁杂公务的无事忙碌被标榜得如何高尚，在我眼里都是生命能量的巨大浪费，和内心世界的肆意荒芜。一种唯有读书别无他途的生命观，在我的这些年岁里汪洋恣肆。"

至于为何要读书？我继续写道："在大多数人的心目中，读书已经被工具化、功利化，为了考公、考编，升官、发财，为了黄金屋、颜如玉，为了满足自己的各种欲望。的确，为了名利去读书，也可以获得动力和成功，但要成就更大的事业，需要的是更加决绝的回答，即为了读书而读书。因为书中有火，书中有光，书可以温暖人间。"后来，经过十多年的艰苦努力，我取得了法律硕士、经济学博士，并再次回到兰州大学草业学院，从事与草畜产业有关的经济、法律、历史、哲学方面的研究。

最难能可贵的是，我毕业后去当村干部，以及创业做生意，曾将自己置身于一个非常具体的现实场景当中，为很多杂乱无章、琐碎无边的事情探寻解决方案，使我有机会将理论与实践相结合，"把论文写在祖国大地上"。我从以前那个文艺青年，活成了一个粗中有细的糙汉子，应该是从大学毕业之后开始的。

另外，这世上有很多知识，很难用白纸黑字写下来，形成可以传播的文本，许多书本之外的软知识，需要到实践中去读社会这本无字天书。这是我当年久居书斋所不能有的体会。

四

今天，我又徜徉在榆中校区的晨曦或午后，20 多年来，这里建大楼、揽大师，发生了翻天覆地的变化，秦岭堂、陇山堂、至公楼等建筑拔地而起。我这个当年青涩无比的大一新生，转眼已经步入中年，成为三尺讲台上的一名教者。唯有萃英山，默默地矗立在那里，俯瞰时光流转中的沧桑变化，和归来少年的执着未变。

　　我想告诉学生们很多有关成长的故事，比如他们最关心的草业专业、考公考编、投身基层、搏击商海等等，但课堂的主题和容量未必能装得下这样的雄心。即便可以，青年学子们也未必真的在意。为此，我想将过去近二十年（2005年至2024年）里，我的很多经历及其收获，写成这样一本小书，方便学生们在需要的时候选读。

　　要不是因为要整理这部随笔集，我可能不会去打开很久以前的日记。因为以现在兰大老师的眼光看以前作为兰大学生的作文，恐怕大多都不尽如人意，即便有些价值，也不值得花时间劳心费神地去打捞。

　　但真当我翻开它们时，才发现，那些被我称之为"垃圾"的日记，那些曾注定不见天日的文字，都是为了今天的大白于天下，所做的准备。那些"垃圾"里蹦出来的每一个字，都熠熠生辉。

诗与远方

年轻一回，总要留下证明。这些游记，大多写在十年前，写在贫瘠、惨淡、一无所有的岁月里。一个年少轻狂，猛志逸四海的少年，置身于莽莽苍苍的天地之间，苦苦寻找正视自己的力量。经历了这些，黑夜才听懂期待，白昼才看破樊篱。因为这些稚嫩的文字，我与那个年轻的自己，一次次在风雨里邂逅。这些诗与远方，也构成了我今天的精神疆域。

2010 年初南下广州

2008 年我父亲去世，没有为我的人生留下什么建
议。2009 年大学毕业，我没有考上研究生，此前也没
有分出精力应聘工作，于是"毕业就失业"了。经我父
亲生前好友张博叔叔的介绍，我在老家一所学校的图书
馆担任了一段时间临时工，结果第二次考研也不如意。
22 岁的我，面临生活中的重大变故和学业上的一连串
失败，不知道经历了怎样的无助和莽撞，最后决定跟随
陌生的人流，前往广州这个计划外的大都会。那时，太
把未来当回事，生怕一不小心，把自己的人生搞砸，结
果就真的搞砸了。

一

2010 年春天，北方的绿草还没有返青。那是我第

一次坐火车，实际是一张站票，在拥堵的车厢里，找一个可以直立的角落都很困难。因为早有人提着小板凳，铺上破报纸，或坐或躺占据了任何可能的空间。我站了两天一夜，熬到了广州火车站。后来很多次，在酷热的夏天、寒冷的冬季、狂风巨澜般的春运里，我踏上过同一趟列车，与很多农民工、大学生、旅行者相遇，仿佛在那漫长的列车里，见识过四季，穿越过南北，目睹过残酷人生的惊鸿一瞥。

到了广州火车站，大学好友杨维波来接我。在此之前，我没有来过广州，不知道这个遍地黄金的地方会为我的人生带来什么样的际遇；也没有见过地铁，始终对这个交通方式充满恐惧，生怕自己会走失在地下的迷宫里，再也没有机会见到天空和飞鸟。所以，杨维波先教我的就是熟悉这个城市的交通网络，保证我可以自己出门。

他当时住在远郊的一个城中村，我跟着他先去那里落脚。晚饭后，他带我在村里的杂货店，买了一条50元钱的被子，这个被子不停地掉颜色，每天都会把我的两条腿染成红色，水洗了很多次也没有用。两个大男生挤一张木板床，聊大学里的往事，正在经历的艳遇，在广州的打算，以及遥不可及的梦想。

第二天，杨维波陪同我去人才市场，以防止我在浩瀚的城市里走丢，或被传销组织欺骗。南方人才市场位于广州最繁华的天河区，号称华南地区最大的人才市场，每周会定期举办招聘会，每场都是人潮涌动，川流不息。我和无以计数的大学生、打工人摩肩接踵地出没其间，拿着一份平淡无奇的简历，到处撞运气和碰钉子。

当年秋天，大学同学林哥来到华南理工大学读研，汪哥来到暨南大学读研，加上他们的同学、老乡、女友，逐渐在陌生的世界里，我们也聚起了一个小圈子，可以分享一些过去或将来、成就或失落。混迹于潮湿的里弄深巷，我们一起打台球、啃甘蔗、喝啤酒，那些一无所有的年岁，现在想起来都令人动容。或许，那个年纪，一无所有才最真实。

再后来杨维波离开广州，前往兰州的一家大型地产公司上班，我回到兰州时他又携家人返回老家山东发展，彼此不停地错过在滔滔人海中，十多年来再未相见。时光飞逝，一直都没来得及向他好好道个谢。

二

我找的第一份工作是在荔湾区的南郊，与佛山市毗邻。因我的专业背景，没有遇见与草业有关的公司，而是在人才市场的档口上，遇见一家与花卉有关的企业。负责招聘的人是一个被唤作郑总的中年人，以哄骗的口吻告诉我，草业和花卉也算同行，就将我招到了他的项目组。

我背着书包，里面只装了洗漱用品，就坐上了郑总的面包车，一路颠簸来到郊区的项目基地。我一边看着在风中一闪而过的棕榈和村子，一边忐忑地打量郑总的相貌，猜测他会不会是个传销头目。到了地方之后，公司安排我们几个新入职的同事吃了简单的餐食，就忙碌着安排住宿。宿舍在一排空置很久的门面房中，一楼是关不上的卷帘门，二楼只放了一个高架床。我买了一条毯子，在那个潮湿炎热的竹板上，忍受着各种蚊虫叮咬，睡了整整一个夏天。

慢慢我才知道，花卉交易是当地的重要产业之一。附近有很多美妙的地名，如我所在的村子叫芳村，地铁站叫菊树、鹤洞、龙溪、沙涌、花地湾。我所在的公司位于广州花卉博览园之内，项目大楼叫百艺城。这一切让人产生置身于花的世界的想象。但当时尚处于规划期，到处是在建的工地，搅拌车的数量远比街上的行人多。百艺城的定位是要打造一个花鸟、盆景、水族、陶瓷等为一体的新世界。入职大会上，老板飞沫四溅地用粤语讲着他的梦想，我这个初来乍到的北方仔，还听不太懂他画的大饼，但从他锃亮的光头上的汗珠和暴发户的神态，完全能看出他毫不保留的雄心。

说回项目负责人郑总，是个江西老表，专家型企业家，带着包括我在内的十来个青年大学生，四处调研花鸟虫鱼的专业市场，挖掘潜在的招商客户。那时，我们看遍了佛山、江门、中山、深圳、珠海、惠州等地的奇石珍玩，日常工作就是通过实地调研和头脑风暴，来起草百艺城的发展规划。我深得郑总的赏识，两个月后他就提拔我做了策划部门的经理。

遗憾的是，后来这个项目因各方原因而进展缓慢，最后不得不解散了团队。同事们四散南北，但这段经历对很多人都影响深远，毕竟不少同事都是刚走向社会，这个项目就是他们的第一份工作。很多年后，这里的花鸟虫鱼市场终于聚满人气，成了岭南重要的专业市场。再后来从网上得知，当年的百艺城遭遇了一场大火灾，熟悉的建筑被付之一炬，令人唏嘘不已。

我在这里也认识了不少好朋友。金明哥从华中农大硕士毕业，是我们的篮球队长，下班后几个年轻人经常聚集在村子里打球，度过了很多洒满余晖的午后。还有我们团队的美术设计师，是一个湖北小姐姐，一直是我们团队的颜值担当，后来做了一段时间我的女朋友，陪我度过了那段陌生而燥热的时光。

2024年元宵节，我因整理这本随笔集，分别联系了几位失散多年的朋友。金明哥回到湖南老家做商业地产，十几年来获得了极好的成长。美术师小姐姐远嫁成都，是一对双胞胎宝宝的辣妈。老大哥郑总在做林草方面的生意，这回算是和我这个草业专业的教师，真正成为同行，电话里说一定到兰州来拜访我。

三

失业后，我又回到了南方人才市场，接受各路 HR 的羞辱或赞美。我走到一家著名家具卖场的招聘窗口，这显然是与花、与草都没有关系的行业，我知道自己对付不来，所以漫不经心地聊了几句。负责人叫谭姐，她竟然完全没有介意我的傲慢与无理，看了我那平淡无奇的简历，确信我是一个极具现代审美的靓仔，就把我招聘到她所在的企业，给予当时走投无路的我以极大的帮助。

该家具卖场的定位是国内高端市场，相比于之前的花博园，招商与销售针对的是高收入群体。10年后我成为兰州大学的教师，一个月的薪酬也只能买得起这个商场里的一张椅子。所以平时的策划工作都比较浮夸，需要出没在各类酒局、牌局、音乐会，遗憾的是，我并非本色出演，总是显得极度蹩脚。现在偶尔会想起那些精致生活和财富游戏，并没能诱导我一头扎进商海，去探索另外的重生之路。

为了适应新工作，我搬到了2号线最后一站，嘉禾望岗附近一个叫黄边的城中村。密密麻麻的握手楼之间，只留下不足两米宽的巷道，容不下三个人并排通过。于是，下水道、电缆线路、人走的道路、老鼠和蟑螂的道路，都交织重叠在一起。除了扑面而来的洗澡水味、化妆品味、脚臭汗臭味，就是映入眼帘的小广告，出租的、招聘的、培训的、按摩的，增长延时的、无痛人流的、治疗口吃和白癜风的等等。这些狭窄、阴暗、潮湿的巷道，像毛细血管一样伸展到城市的角落，猜不透它的尽头。

　　每天早上，人们从这些胶囊屋里如同蚂蚁一般蜂拥而出，穿着精致的西装、衬衫、丝袜、皮鞋，从小巷里汇集到稍微开阔的村路上，卖肠粉的、牛杂的、皮蛋粥的、叉烧包的早已列阵以待，手忙脚乱地为上班人准备潦草的吃食。我会买两个包子，边跑边往嘴里塞，随着人流跳进地铁里。人挤着人，肉贴着肉，在燥热的车厢里，打量着别人空洞而疲惫的眼神，见众生也见自己。然后掐着最后几分钟，抢入公司大门，按时打卡。很多年后，这种因逼仄、拥挤、幽暗而带来的压迫，还会让我气短、胸闷、手心冒汗。

　　下午下班后，又按照来时的路径回到那个城中村，出地铁的时候天已经全黑。村子里到了一天中最热闹的时候，LED屏闪烁不停，理发的、贴膜的、美甲的、卖盗版碟的、卖猪手饭的、盲人按摩的、成人用品店、福利彩票店等等，这里的霓虹灯下，有打工人每天仅存的一点自由，喧嚣而包容。10年后，我因为参加学术会议而重回广州，那种城中村里特有的熟悉气息扑面而来，没有一丝丝改变。恍惚间，我仿佛看到年轻的自己，还穿梭其间，又散入了黑夜。

面对这样的现实处境，我不得不认真思考未来。我住的地方距离白云山下的广东外语外贸大学很近，我开始在每一个午后和周末，前往这里看书或打球，储备知识和健康，优美的校园环境和青春靓丽的女学生，都深深地吸引着我，让我下定决心再考研究生。当我积攒够了半年的生活费的时候，我准备辞职。

谭姐约我吃饭，忧心忡忡地对我说，她很担心我以后会没有出息。从来没有一个人，在茫茫人海中过问一下我的未来。这种突如其来的异样关怀和另类爱护，使我被她的朴实深深打动。我敏锐地感受到她内心旺盛稠密的善良。后来很多年，我都保持着和她的联系，只是再也没有见过面。

四

我在"考研论坛"里，认识了一个叫王兴的网友。他是中南大学经济学专业毕业的高材生，邀请我加入他们的小圈子一起考研。在当时那个举目无亲的环境中，他的邀请就是我最重要的救命稻草。他带我来到位于海珠区的中山大学后门的出租屋，狭小的空间里还冒出了两位男同学，都是在这里复习考研究生的。做了简单介绍后，我就和他们暂时挤在一起住，方便随时在周边找合适的房子。这些陌生朋友的出手相助，让我备受感动。

然而，在这附近找个落脚的地方绝非易事。中大北门出去就是珠江，沿着滨江东路向东，到广州大桥旁的小蛮腰广州塔，是广州最繁华的地段。珠江对面就是广州最具现代化气息的天河区，摩天大楼鳞次栉比。正对江心的二沙岛更是富人聚居区，每到夜深人静的时候，我才有勇气登上这个小岛，生怕别墅里走出来的少女，看到我惊慌失措的眼神。这里无疑是广州顶级精英扎堆的地方，哪有我这个城市蚁族的容身之处？

据当地人介绍，中山大学东北门有一个叫下渡村的地方，这里是夹在珠江豪宅缝隙中的最后一个城中村，是很多年轻"广漂"的落脚处，也是不少大学生在校外的爱情公寓。我又来到了熟悉的握手楼，跟着一个广州老太，穿梭在迷宫一般的黑暗巷道，七拐八拐找到一个5平米的单间，光线极暗，白天不开灯几乎看不见里面的陈设，屋子小到只容得下一张单人床，和一间可以冲凉的卫生间。老太以毋庸置喙的口吻告诉我，每月500元租金，押二付三。这个价格我需要反复在心中计算，所有的储蓄连同我妈的资助，是否可以坚持到半年以后。

最终我还是决定住下来，因为从这里每天步行，15分钟就可以到中山大学。街边还有一家兰州拉面馆，路边摊有陕西肉夹馍，山东煎饼果子等，都是我最重要的去处。只是这些房子过度老旧，隔音非常差，深夜时分，隔壁总会传来清晰的叫床声，那个女生的呻吟，仿佛能穿透生锈的铁门，穿透墙壁的空隙，进而穿透人的骨头，让人狂躁不安，让人满身发烫。我在楼梯里遇见过她，穿着紫色的连衣裙，身材修长，肌肤雪白，披肩的长发，我不敢抬头看她的眼睛，生怕她会呼啸一声钻进我的梦里。

我每天早早就出门，到中山大学伍舜德图书馆去上自习，在春晖饭堂吃饭。晚自习后就和王兴去珠江边跑步。从中大码头到广州大桥，这里有足够的广角，去瞭望一个青年的壮丽青春。我和王兴一起聊得最多的居然不是女人，而是尼采哲学。现在常想，当时以极高的强度读书，以极低的成本生活，要是没有尼采的强力哲学为我单薄的身躯、脆弱的心灵注入强心剂，还真是撑不下来。现在我的书架上，还放着王兴当年送我的那本

《查拉图斯特拉如是说》，十几年几经辗转和搬迁，居然未曾遗失。

我曾倔强地以为，只有被毁灭，没有被打败。那时年少轻狂，猛志逸四海，可惜都被读书耽误。如果当年二十出头的我，硬着头皮闯荡大世界，或许今天也会另有些天地。

再回首，南朝四百八十寺，多少楼台烟雨中。

2024 年 5 月 1 日
于兰州芄草间

前往海南寻找机会

在广州参加的第三次研究生考试，只收到一个并不如意的录取通知。时间已经到达 2011 年夏天，大学毕业后的两年时间里，我还没找到一个正经工作，无处立身，让自己和家人都焦虑不已。

我拨通了之前认识的郑总的电话，他可能是我在广州认识的，最有可能帮助我的人了。电话里得知他去了海南，邀我到海口来找他，或许能找到谋生的机会。当时海南岛正在如火如荼地建设国际旅游岛，十万青年下海南。我决定滥竽充数，混迹其中，去闯荡琼崖。

一

到海口后，得知郑总在海口的新公司待得也不愉快，将我推荐给公司的 HR 之后，他就启程返回广州了。出于显而易见的原因，该公司也没有接纳我。这导致我一时间无处容身，只能暂时先找地方住下来，慢慢看各类招聘信息。

我身上只带了一千多块钱，只好找了一个烂尾楼里的招待所，每晚50块钱。因为出租屋四面墙都是用胶板钉起来的，封闭非常糟糕，经常看到壁虎爬在墙上，蟑螂在地上乱窜。更可怕的是，一到下雨发大水，就有好多飞蛾铺天盖地涌进来，围绕着灯罩乌泱泱一大片。这是我在北方生活中从未见过的情形。

夜幕降临，霓虹亮起，我去街上的士多店买盒蚊香，刚走几步，就有一个女子拦住去路与我耳语，我凑近一听，她问我要不要去她的客房里休息，可以带我去冲个澡。我本能地扭头就走，她拉住我的胳膊，要继续讲述她的技艺有多高超，保证是我这个年纪未曾见过的。每隔三五百米，就会有这样一个女子或阿姨，捏个象征职业和身份的小手包，如此上前盘问。这让二十岁出头，还没有过两性经历的我，感到惊悚而又刺激。

第二天起来，我就赶紧出去找活干。当时还没有智能手机，获取信息的渠道非常有限，海口是否有广州那样规模浩大的人才市场，我也不得而知。就在报刊亭的报纸中缝里查看招聘信息，看完后再放回去。或在街边小摊上查看横竖着的各类招工牌子，诸如家政、文员、搬运、修剪、看大门之类工种，不一而足。

一个水产店招个文员兼会计，抄抄写写的事情我应该能对付得来。我给老板递上提前准备好的简历和大学时的一些作品，老板没有翻看就扔在一边，问我会杀鱼吗，"拍晕、去鳞、挖鳃、去腥线你会干哪个？每天有客户需要现杀现剥，人手忙不过来，还得文员协助一下。"我看了一眼刀俎上还没有完全死去的鱼，在那永远无法闭合的眼睛里，是否有它对这个社会的理解？

我转了好几个街区，问了很多路上的行人，也没有找到需要的结果。垂头丧气地晃悠之间，突然撞见了海瑞墓。在鳞次栉比的楼宇遮蔽下，不承想在这里遇见了海主事。此时此地相见，真是历史虚无之中的一个偶然。

边阳斜下，我独自一人前往拜谒。只见矮墙两边写着"清正廉明，刚直不阿"，步入园内，门庭冷落异常，整个庭院里空无一人，鸟语蛙声令我噤若寒蝉。圣贤寂寞，古来如此。看来以正直诚实作为营销口号，向来很难找到买账的市场。

在爬满青苔的海瑞雕像身后，有一片不大的荷塘，名曰"不染池"，多好的名字啊。蛙声一片，斜阳西下，想找个人帮忙留个影，可惜一个人都找不到。想必像海瑞这样严以律己、严以待人的人，朋友也应该不多。做人何必过度自虐和他虐，毕竟社会的良性运作要靠机制建设，而不是个人美德来维系。这一点，海青天不知道有没有想明白过？

海瑞的书房里，挂着"读圣贤书，干国家事"的书法以自勉。不知那时候的就业市场，除了"学得文武艺，货与帝王家"之外，是否还有别的出路？

二

在海口滞留了一段时间，身上的钱也快花完了，还没有找到合适的工作机会。来一趟海南不容易，索性借点钱出去转转，洗一洗身上的晦气。征尘杂酒，远游销魂，于是就背上行李继续南下。

海南位于传说中的"北纬18度"，据说这是地球上最神奇的地理区域，闻名遐迩的夏威夷，风情独特的墨西哥城，流传了无数传奇的加尔各答、圣地亚哥、太子港、仰光、孟买，尽皆隐藏在这个神奇数字背后，蕴涵万种风情，尽收天下奇观。

万泉河漂流是我的第一站。先从海口到琼海，万泉河从这里入海。远眺一海一河之间，一动一静之中，有三江交汇，三岛相望，取九九归一之寓意。只见奇峰异石、激流险滩、野鸭游弋、山鸟啾鸣。夹岸薄雾织纱、乔木参天，置身于这莽莽苍苍的天地之间，顿觉眼神清澈，腰身谦恭，心底平和，灵魂宁静。感慨时光像一把无情刻刀，改变了少年模样。

必须走一趟传说中的天涯海角。这里远离中土，曾经人迹罕至，是封建王朝流放"逆臣"的主要地区之一。很多有讲究的游人为了避讳，即使抵达这里，也不愿进去。如我这般晦气的人还能倒霉到哪里去？早已是背井离乡，又何必在意什么天涯海角，于是就果断进去一览盛景。

只见奇石磊磊，水天一色，纯净如洗，蔚蓝如梦。集天地碧海之精华，取日月山川之灵秀，让人流连忘返，叹为观止。面对如此瑰玮之景，难免心生非常之情。感慨光阴虚度、岁月空添，仍旧一事无成。"无才可去补苍天，枉入红尘若许年"。

"唐宋君王非寡德，琼崖人士有奇缘"。我没想到自己能有幸来此边陲之地。正如我没有想到自己也能被时代流放，被社会贬谪，流落至此间。仿佛苏东坡等精神上的同伴，在这一刻超越时空，济济一堂，笑谈人生，于历史的暗夜之中，我和他们结成了血泪同盟，一起面对时代的流放和岁月的追杀。从这个意义上讲，似乎又不算浪迹他乡，而是重返故里。

这或许是我宿命中的逃亡，在这一刻到达了想象中的战场。当年的西风暮雨、眠鸥啼鸟、秋蟾芳草，无数古风遗迹已无处寻觅，只剩下瘦马空壕、杨柳枯焦、残阳落照。我来这里，要抹平灵魂上的创伤，精神上的失落，还有那无穷无尽的挫败感，重新寻找正视自己的力量。

哲人无忧，智者常乐，不是他们所爱的一切都已得到，而是得到的一切都是他们的所爱。不觉已是傍晚时分，碧波万顷，烟波浩瀚，帆影点点。眺望椰风海韵，游人熙熙攘攘，更有一番大小洞天。

2011 年 6 月 16 日

于海口椰林小屋

2011 年末重回兰州

终于在台风卷起滔天巨浪之前，连夜越过了琼州海峡。夕阳西下，残阳如血，匆匆带走了眼前的景色与时光，抢在黑夜吞噬最后一抹晚霞之前，于依稀可见的暮霭中，留下"海口火车站"字样的最后一张照片。

我能感觉时光的微妙变化，一种无法预见和抗拒的力量，正劈头盖脸席卷而来，如同无法抗拒的宿命般向我逼近。多年在不同的领域尝试失败之后，我确信即将面临最为悲惨的未来。

一

2011 年秋天，我背起沉重的书卷，踏上重返兰州的列车。寂寞的车站，灰色的城堡，时间和琴声依旧交错。设若梦中还可以再梦，是否醒来还可以再醒？纵然钢铁的臂膀，也难挡岁月倥偬之感。生命的里程碑上，终于刻下了年岁不再的墓志铭，以备忘那些荒废已久的才情和梦想。

又回到了这里，折戟沉沙，百转千回，心中孤愤到底意难平。从2005年18岁到兰州上学，至2011年24岁回到兰州，六年时间里发生了太多事情，来不及去细细咀嚼和消化。比如我亲爱的父亲走出了时间，带走了他充满缺憾的苦难年代。比如大学毕业两年没有考上研究生，也没有找到合适的岗位，四处漂泊流浪，遭受各个领域的全面溃败。

在兰州大学的前三年，住在距离市区近50公里的榆中校区，大四时才搬到市里的校本部，成了一群与城市格格不入的寄宿者。就在这最后一年里，我竟突发耳疾，有整月的时间都在兰大一院的20层楼上，悉心规划着这场突如其来的灾难，将给我一生烙下魔鬼的病根。毕业后，同学们四散南北，一头扎进滔滔人海，我完全没有意识到，离开校园步入社会之后的剧变。

此次回来，我在安宁区的山脚下，租了一间5个平米的小屋子，安顿下来重新开始每日读书备考的生活。

三年试错必须有一个结束，终究要结婚生子过正常人的日子。准备老家基层政府和事业单位的招考，是我重回兰州的一个重要原因。

那时，我常在晚饭后，一个人去黄河边张望，看逝者如斯，不舍昼夜。阵阵失落弥漫胸间，粼粼余晖洒布河面，又融进一个男孩岁月枯荣的时光里。有一天我将怎样面对这一段失落的历史，多少艰难、恐惧、无助、泪水隐藏在一条路上和一段记忆里。空回首，见那几许疏钟，半江渔火，两行秋雁，一枕青霜。

那些幻想多年、羞于启齿、不予人知、不切实际的迷离梦想，我终将慷慨地迈过这道坎。我那天晚上在日记里写道："丧家狗啊，小职员啊，终将名扬天下、光芒万丈。抱歉我用这样功利的修辞对抗世界的眼光。但是，我确信，我真的确信！你可以否定他、批判他，甚至嘲讽他，但唯独不能忽略他、漠视他，带着一颗勇敢而真诚的心，行走在凶吉未卜的人生大道上。"

二

返回兰州后，我总有一种异常强烈的缺失感，好像在遥远的江南落下了什么，怎么也唤不回来。或因我在广州打工时，认识的一个没心没肺的艺术生女朋友。

我当时和她一同去海南旅行，返程时恰逢台风肆虐，列车被迫临时取消。归心似箭的我们只好换乘三天后第一趟发往广州的夜车。上车后因对天气状况心存疑虑，我始终忐忑难眠。不出所料，轮渡途经琼州海峡时突然风雨大作，我坐在车厢的过道里，一直等到凌晨过后，轮船顺利抵达雷州半岛，才安心地上床睡觉。顺便看了一眼邻床的她，早已鼾声四起找不到北了。

类似的事情不胜枚举。她知道，在自己的世界里，一直有一个金刚铁打的守夜者，为她熨平了诸多不测风云，让她能先我乐而乐，后我忧而忧。后来终因五味杂陈的原因，我们分开了。现在却常想起她真诚憨厚的样子。

她从遥远的江南寄来了一本几米的漫画集《又寂寞又美好》。原本用网银支付，直接配送到兰州，可以很方便。她非要自己先买下来，然后写下赠言，夹上书签，再以与书价格相当的邮费千里迢迢快递过来，任凭山长水阔。笨拙的逻辑里裹藏着一个女孩子晶莹剔透的心。

中午，我一个人坐在空荡荡的阶梯教室里，打开扉页，书签上是她的笔迹，画一样的字，诗一般的爱。最喜欢书中的一首："花瓣们已经说好 / 她们要一起绽放 / 也要一起凋谢 / 天使如何劝阻都没用 / 她们已经说好 / 这辈子要一起美丽 / 也要一起老去。"

昨夜做了个梦，梦见多年以后已经白发苍苍，不知是否身在异国他乡，突然拥挤的人海深巷之中看见一个姑娘，修剪着齐眉的刘海，雪白的皮肤、饱满的笑容，依旧如此年轻，一双水灵灵的圆眼睛于攒动的人群中辨认出了我沧桑的眼神。忽然梦醒，我自私地以为，她从来没有远去。

在广州这座千万人的大都会，在这个举目无亲的地方，在那些魔鬼般的日子里，她曾是我心里最明亮的月亮。我却丧心病狂地将她赶走，自己冲进了呼啸北上的列车，躲在拥挤的车厢最深处。后来，我穿越了一座又一座城市，走过了一条又一条街，结识了一个又一个女子，可从来都没有忘记她。

记得那年三月三，风筝飞满天。在广州体育中心的广场上，我们跑得精疲力竭，风筝却怎么也飞不高。到了端午时节，龙舟竞发，百舸争流。数千年的古老习俗，于浓重铿锵的鼓声中纪念着远古的诗人。我们在那条甬道上来回地走，看中流击水、浪遏飞舟。

我们曾扬言要走遍万水千山，去探寻绿野仙踪，广州才是第一站。我却为了那些不切实际的孤高理想，远遁四海，像个苦行僧一样在这个兵荒马乱的青春里，漂泊游荡，忍饥挨饿，沉思冥想。断了线的风筝，收不回的梦想。

在北方午夜的最深处，我还是一个人在汗流浃背地独自生活。在我筋疲力尽而格外清醒的记忆里，那些地方繁华、虚荣、伤感，那些流光凝重、躁动、清冽。只剩下一个精神紊乱的疯子，搭上了通往午夜的地铁。他疲惫不堪泪水盈眶，一如她多年前，那个充满灵光的眸子。那年我23岁，她26岁。

为什么，秋天来得如此居高临下，记得昨天还五彩缤纷，怎么今天突然连最后一片叶子也消失得无影无踪了呢？倔强的蔷薇还在草丛中不畏风霜地开着，向这个冰冷的世界不遗余力地展现着它的美，红的、黄的、紫的……这是一个成熟的季节，正是收获的时候。我枯坐在黄河边，一往情深地等待，恰逢漫天飞雪。

"若说没奇缘，今生偏又遇着她；若说有奇缘，如何心事终虚话？"这一别，路远山高，空劳牵挂。自古穷通皆有定，离合应有缘，消长数应当，何必枉伤悲？

2011 年 8 月 14 日
于兰州市安宁区

来年春天游华东

　　2011年秋，在兰州待了一个月就迎来老家庆阳的基层单位招考，我顺利考上了老家县城的一个事业岗位，但需要等待较长一段时间，才能知道具体的分配。年末研究生考试结束后，恰得几分闲暇，正值北方春寒料峭，我决定前往华东拜访同学。

　　本科毕业的这两三年里，大学同学们要么硕士毕业，要么在一座城市里扎根，都取得了不错的成果。室友杨哥在上海读完研究生，刚毕业就去了一家证券公司做投行，还找了硕士同学做女朋友，成功得令我羡慕，我先去上海向他取经。室友小邱已经在杭州的研究所读完了硕士，马上要去浙江大学读博士，顺道前往杭州与他看看西湖、爬爬飞来峰。大学好友来宁也在江浙工作，与他去了一趟绍兴，造访鲁迅故居。返程途经江苏，又和高中好友高兄一起闲游南京和无锡。

这些游记至今已逾十年，文字并不见得好，却记录了二十岁的叛逆、孤独、多愁善感、失意挫败，我将它们收录在一起，作为时光机里最美妙的部分之一。

一

那是我第一次来到传说中的大上海。于影视，于报刊，于无声处，无数次看见过的画面，终于出现在了眼前。十里洋场、东方巴黎、万国博览，以及被冠以无数"第一"的头衔，这就是上海。西岸威斯敏斯特大钟、哥特式洋行、巴洛克式教堂，对面东方明珠、金茂大厦。中西合璧，新旧交融。左手古朴，右手繁华。鳞次栉比，错落有致，俨然一曲凝固的音乐。百年沧桑的厚重，鲜衣怒马的青春，像极了当年的我们。

说起上海滩，一连串的名字就从记忆中奔涌而出，马永贞、许文强，都市女子顾曼桢，大家闺秀冯程程，无数花样年华、倾城之恋、声色犬马，被以大上海为背景搬上了银幕。其中最为脍炙人口的当属张爱玲的小说。张爱玲的文字里，误导年轻人最深的，应该是那句"出名要趁早"。

如果能年少有为，谁愿意大器晚成？我和杨哥行走在夜上海的外滩，忆起大学时的很多往事，以及"不能及时成功便是失败"的信条。那个年纪，大家都太着急，认为天下武功，唯快不破，一切都要趁早趁年轻。

霓虹闪亮，车水马龙，我强作着欢颜，和同学继续着张爱玲般的"天才梦"并重复着张爱玲的文字，"从小被目为天才，除了发展我的天才外，别无生存的目标"。只是后来，我错过了春花，又辜负了秋月，荒废了那么多的春夏秋冬，也没能找到生存的目标，没能实现当初的梦想。

很多年后，我看到上面的这些文字，想起当年的颠沛流离，在夜上海的凉风中，在时代的洪流中，他乡空把月痴望的场景。才发现，我从来都不是什么天才，一生泥泞，贫寒落魄，可能永远也成不了名、出不了头。但我依然在岁月深处的寻常巷陌热烈绽放，一如张爱玲的另一句名言："卑微到尘埃里也要开出花朵。"

二

离开上海之后，我继续南下去了杭州。大学室友小邱前来迎接，和另外几位同学相聚西湖边，畅谈少年侠气。

江南风景果真好。水光潋滟，山色空蒙。早莺争树，新燕啄泥，还有绿杨阴里白沙堤。正如明人张岱诗云："日日看西湖，一生看不足。"只是少年心事，满目疮痍的繁华，痛彻心扉的惆怅，深不见底的悲伤，错怪不得西湖，错怪不得杭州。云无心，水无心，竹无心，独我伤悲。都说少年壮志不言愁，只是这十年一梦扬州路，空留了一颗少年心。

我们来到岳王庙前，缅怀千古一将。遥想当年山河破碎，岳飞从戎报国，三十二岁建节，是两宋时期最年轻的军区司令员。率军横扫中原，破虏似虎，三十九岁官至枢密副使，不久命殒风波亭。明人文徵明感慨"倚飞何重，后来何酷"，朝廷给了他至高无上的荣耀，也给他身首异处的结局。岳飞威望之高，"笑区区一桧亦何能？"江山如故，千村寥落，"何日请缨提锐旅，一鞭直渡清河洛"，鄂王一句词，引来多少行人泪。

如果说杭州是婉约的，试问，用悲剧书写的婉约，应是怎样一番风味？再多的精兵强将、豪放诗词、铁血文明，都抵不过一个婉约的临安和沉醉的君王。好一句"暖风熏得游人醉，直把杭州作汴州"。岁月空唱，一事未成，落得个闲愁最苦。看那斜阳，正在烟柳断肠处。

第二天，我们几个年轻人相约去灵隐寺和飞来峰。小邱在当地求学，熟悉周边环境，带我们择一荒径入山。山上老树枯藤，岩骨裸露，加之阴雨天气，遍地青苔，满径落叶，行走极其艰难，反倒因此倍添了无穷乐趣。多亏还算年轻，他日大腹便便之时，恐怕难有此番兴致。

果然壁立千仞，茂林修竹，碧水绿荷，可谓无石不奇，无树不古，无洞不幽，好似仙灵所隐，是个绝佳的好去处。恰逢蒙蒙细雨，深山古寺里云烟万状，"灵隐"二字果真恰如其分。终于抵达飞来峰顶，王安石的诗句"不畏浮云遮望眼，自缘身在最高层"涌上了心头。不觉功名自误，难掩悲伤，愧对这少年游。

雨下得更紧了，赶天黑前，我们才疲倦地下山。青山古树，以千年不变的姿态，见证着生生不息的沧桑故事，也见证着我们的年少无知。相聚不易，终将作别。几番风雨，不知何日更重游？与同学们的成功相比，我差得还太远。待从头，收拾旧山河。

一生都是修来的，求什么？今日不知明日事，愁什么？乱云飞渡仍从容，无限风光在险峰。且看那烟雨中，还有多少牛外牛，楼外楼，山外山，天外天！

三

离开杭州后，我和来宁来到绍兴，这个城市因南宋高宗的年号而得名，广为人知还是因小学课本里的鲁迅文章。于是我们来到鲁迅故居瞻仰巨人。

找了半天，也没有找到何首乌、覆盆子、泥墙根。景区仿造了"碧绿的菜畦，光滑的石井栏，高大的皂荚树，紫红的桑葚"。在我们还都缺乏足够理解力的年龄，少年闰土、三味书屋等，已是教科书上必背的内容，丝毫谈不上喜欢。但有关故乡、社戏、百草园的共同记忆，却超出了鲁迅，超出了绍兴，蔓延到了每一个孩子的童年，让这里变成了无数人的精神家园。看着那游人如织，或许是在寻找自己内心深处，属于那个年龄的蛛丝马迹。

但故乡究竟是什么呢？

东汉末年一代才女蔡文姬，年少时被胡人掳掠北上，十二年间与南匈奴王育有两子，仍心系家园，思念故土。曹操统一北方后以重金赎回蔡氏，重回故里的夙愿得以实现，但又不得不面对舍弃骨肉的难以两全、哀怨无穷。

冰心暮年时常常梦见北京的中剪子巷，她说"连北京的前圆恩寺，在梦中我也没有去找过，更不用说美国的娜安辟迦楼，北京的燕南园，云南的默庐，四川的潜庐，日本东京麻市区，以及伦敦、巴黎、柏林、开罗、莫斯科一切我住过的地方"。她灵魂深处的"故乡"，只能是住着父母和弟弟的中剪子巷。

在那个叛逆的年纪里，我走异路，逃异地，远遁草原大漠，登临雪域高原，叩访名城古镇，蜗居北上广深。无始无终地漂泊流浪，处处都是谋食的异地。遇见过各色各样的人，如辛勤沉默的工人，怀才不遇的奇士，忧郁慷慨的女子。到底想要得到些什么？无论在哪里，我的内心都是一个寄宿者，乞食者，于是决心要"回家"，要找寻精神的"故乡"。

然而，真正的归途就是无路可退，真正的归属就是无家可归，真正的故乡就是处处都是他乡。于是才耳目清醒地认识到，苛求归属，寻找家园，正是我们穷其一生，感到孤独和不安的根源。我猜想在鲁迅心里能真正称得上"故乡"的绝不仅是百草园、三味书屋，而是与"角鸡，跳鱼儿，贝壳，猹，鬼见怕，观音手"有关的往事与年华。

现在我决心，要送走一个不好的自己，创生一个新的自己，那就用鲁迅《孤独者》中的一句话作为结尾："我已经躬行我先前所憎恶，所反对的一切；拒斥我先前所崇仰，所主张的一切了。我已经真的失败了，——然而我胜利了。"

四

离开浙江时，恰好到了周末，我给高中同学高兄打去电话，他大学毕业后在南京、无锡一带工作。他听闻我近年来混得很背，邀请我来南京叙旧，顺便利用周末时间带我去秦淮河和太湖一带转转，一洗风尘，涤荡胸襟。我推辞说，手中已无余粮，恐没有钱停留。他慷慨地说道，来就行了，休管其他。

值此心境，夜游秦淮之地。坐落在河口街头的是香君故居，香消了六朝金粉，清减了三楚精神，号称千年青楼第一流。虽算不上奢华，但古书图画、诗词绝句倒也搜集得齐备。丝竹之声萦耳，垂帘下，被岁月封存的女子，红颜憔悴，相思破碎，倾尽多少才子泪，据说也难醒这千古逍遥游。看遍胭脂河、朱雀桥、桃叶渡，李香君、柳如是、陈圆圆，试问，还有多少女子，婵娟未远，慷慨犹存，血染了桃花扇。

最繁华的去处还是千年夫子庙，历经沧桑，几经兴废，依然喧嚣地伫立在秦淮河畔。这里毗邻江南贡院，号称古科举之最的考场，唐伯虎、吴承恩、郑板桥、吴敬梓，无数江南才子金榜题名于此。一边祭拜圣贤，一边出没红楼，果真是"风水宝地"。江山、美人，世间本无双全之法，可以不负如来不负卿。要用多少美人和香草才能驯服一颗野心？我也上香一炷，看看是否灵验。

夜幕降临，华灯初上，滴不尽相思血泪抛红豆，开不完春柳春花满画楼。今宵笙歌，格外催泪落！我这是怎么了？繁华落尽，孤寂成殇。遍人间烦恼填胸臆，量这些大小船儿如何载得起？

见我心事太多，高兄第二天又带我来到无锡太湖北岸的鼋头渚，这里是太湖风景精华之所在，诗云"太湖佳绝处，毕竟在鼋头"。只因山上一脉巨石逶迤而下，伸入太湖洪涛之中，三面环水，冲波兀立，俨然一气宇轩昂的神鼋，昂首于碧水蓝天之间，故称为"鼋头渚"。万千巨浪，怒击巨石，水溅珠飞，激起千堆雪。四方远眺，极目水天，游走其间，真是洗涤人间无数喧嚣。

不远处的陶朱阁，奉祀的是有"治国良臣，兵家奇才，商人始祖"之称的"十佳青年"范蠡同志。话说那范蠡同志，辅佐越王勾践灭吴称霸，官场巅峰之时急流勇退下海经商，不用权钱交易依然赚得盆满钵满，最后三散家财施善乡梓。史家们还嫌他不够传奇，又杜撰其拐跑君王爱妃西施，泛舟五湖，遨游四海。活脱脱一个官圣、商圣、情圣，"范三圣"的事迹真是羡煞我们这些庸碌之辈。

晚上，我和高兄促膝长谈。千古兴亡多少事，悠悠，不尽长江滚滚流。正如苏东坡所言："笑曹操孙权刘备，用尽机关，徒劳心力，只得三分天下。屈指细寻思，怎如共刘伶一醉？"看鼋渚春涛，听万浪卷雪，品包孕吴越。不学刘伶荷锸，不学屈子投江，且做个范蠡归湖。绕一滩红蓼，过两岸青蒲。此行感今怀古，将那些旧荣新辱，都装入酒葫芦。

十多年后，我因参加学术会议，在南京驻足，联系高兄时，他已离开南京多年。我曾多次要向他还钱，他都坚决不收，并表示从未借钱于我。直到2023年，他在老家庆阳结婚，我才有机会给他随上份子钱。我们当

年从一个小镇里出发，出来闯荡江湖，转眼已经过去了
二十年，令人唏嘘。

2012 年 3 月作于庆阳

2024 年 3 月修订于兰州

2012 年初入乡政府

2012 年春节过后，我收到工作的通知，被分配到老家县城里的一个乡政府。清明节前后，我收拾行囊回到老家庆阳工作。

本科毕业后的一段时间，笃信仅靠坚韧和勤劳就可以无往而不胜，并以高蹈的姿态笃定地做着自己。即便是惨痛的失败，也能让我觉得可歌可泣，失败本身把失败者变得崇高。有时候太多不幸，不是经过努力就可以避免，挫折并不属于错误的范畴，有时候甚至在想，学业的失败，我为此能够对之负责的，或许只是其中很少的部分。命运使然。

于是，我开始寻找其他出路，除了读书之外，我还有没有别的活法？人的一生应是一个开放的体系，一个汲取知识于一隅，对自我领域以外的事物一无所知的人，绝不可能成为一个值得人尊敬的人。命运既然将我强行从象牙塔里拽了出来，我相信定会有新的际遇作为补偿。

一

七年前，高考结束后，我离开老家县城的时候，或许欣喜远大于悲伤。谁曾料如今重操乡音、再作冯妇？终于被自己一手设计的精英主义道路所遗弃，并回到了原点，也回到了真实的人间。

我来到乡政府，按单位安排，在办公室担任了一个文员。我以一种近乎浪费的姿态，争分夺秒地打发着似乎无穷无尽的光景。如此井然有序的精心安排、按部就班、随心所愿，没有任何意外和惊喜地令人窒息。这是我的人生？如何向这虚无讨个说法？

我在日记里写道："颓废即正义"，唯有"堕落"才能带给现在的我立足于生存的强烈现实感。我将郑重澄清一个我再也不想背负的沉重误解，我根本不是勤劳的少年，柔情万种的男子，跃马扬刀的将军，我早已无力承担。我再也不会因为与众不同而被抛弃。

我的笔记本里，收藏了一篇当时写的日记，题目叫

《"牛仔"很忙，吼吼哈嗨！》，可以呈现当时的一些心境：

> 我可是个愤青、知本家、文艺青年哎，本应该住着高深的房子，啃着高深的书本，跷着高深的二郎腿，参加高深的学术会议，怎么愣头青一个跑到这里来了？还战天斗地地办业务，伪装成一副很忙的样子，收文件、接电话、盖章子、写材料，"牛仔"很忙，吼吼哈嗨！
>
> 可问题是，"牛仔"忙错了地方！
>
> 朋友甲已经从得克萨斯辗转迈阿密，又从迈阿密辗转加利福尼亚；朋友乙攻克了某财经院校的学位，过汇丰、斩花旗、直捣高盛；朋友丙单刀赴华南，如今锤不扁、炒不爆、蒸不烂，响当当一枚万人迷。当年大学共居一室，而今唯独我，阴差阳错地"衣锦还乡"。
>
> 呵，我的精英主义梦想，已经快要变成过期的咸猪手了，再不去啃就要放臭了，就要放臭了。哪我还去得了吗？不用麻烦了，不用麻烦了。案牍劳形，丝竹乱耳，正义呼唤我，美女需要我，还得赶在退休前奋斗一任七品小县

令呢，牛仔很忙的。英雄也累了。

我想成为一名公交车司机，光着膀子转着超大无比的方向盘；我想成为一名动物接生专家，探索母狗阴道里的秘密；我想成为一名挖煤工人，左一榔头右一榔头，修整这个荒谬的地球。我想着想着，继而沮丧继而悲伤继而遗忘，继而欣喜若狂！

"牛仔"很忙的，收文件、接电话、盖章子、写材料，吼吼哈嗨！问题在于，在于，"牛仔"好像，忙错了地方。"小妹妹吹着口琴，夕阳下美了剪影，我用子弹写日记，介绍完了风景"。

二

起先，我在乡政府办公室跑腿打杂，除了端茶倒水之外，偶尔也写些无关痛痒的公文材料，做得还算差强人意，于是被组织以优秀的名义，过蒙拔擢，破格录用为五里沟村党支部第一书记，于是就踩着25岁的单车，走马上任了。

对于我这样一个久居书斋的人来说，这里就好像是另一个世界。对于成为一个拥有数千人口的村庄的党支部负责人，我多少还是有些猝不及防的。于是夙兴夜寐废寝忘食，在这个极其陌生的世界中，我还从来没有如此投入过、认真过、闹心过。受委屈、栽跟头、碰钉子在所难免，就好比小红帽遇见了大灰狼。

2012 年秋天，我只身一人星夜兼程四处筹款，为给五里沟村修一条上山道路奔走呼号。得知该村有几名企业家在青海创业，数十年积铢累寸惨淡经营，一世清贫终成显达，我这个"家乡服务员"前往拜访，却被以"家乡父母官"的名义，得到了高规格的热情接待。

时隔六年，深秋的傍晚，我又一次只身抵达西宁。时过境迁，今天的西宁已是遍地秋风暮霭沉沉，犹如命运撞上黑色礁石，遇上扑天浊浪。这偏远的城市好像拴住时光的柱子，在历经重重岁月，迢迢路途之后，又重新收回打量自身的目光。

我筹到的几万块钱，为五里沟村修通了一条盘山而上的土路，极大地方便了当地群众驾驶小型农机具，耕种撂荒已久的山地。我骑着自行车，沿着弯弯曲曲的山路，推一会儿，停一会儿，捡拾那金秋里，满地的酸枣儿。

有谁懂，这山，高蹈而隐遁；这谷，空灵而悠远；

这人，孤独得恰如其分，寂寞得妙趣横生。东风拂面，满城风絮。给高蹈以平实，给躁动以清冽，给浮嚣以宁静。我走着走着却困在原地，笑着笑着却满含泪滴。

我确信，我绝不会如此忧伤以终老。我只是暂时不知道，一颗心，究竟能够承受多少沉重的煎熬和多么深沉的绝望。曾经那样让我伤心流泪的挫败，回首时，也不过恍如一梦。只是暂时埋藏了心中的梦想，重新等待放飞的机会。

成吉思汗曾说："越不可越之山，则登其巅；渡不可渡之河，则达彼岸。"何况我只是折翼的雄鹰，负伤的战马，尚有钢铁般剽悍的生命意志，岂肯善罢甘休？真正的英雄呵，等桎梏卸落，枷锁隐退，岂能不战而败亡？

三

2012 年盛夏，单位休假，为了排遣胸中块垒，我和朋友前往河西走廊游玩。

火车奔驰了一天一夜才抵达嘉峪关市。所见之"天下第一雄关"，恕我直言，若放在现代建筑学的语境当中，应该丝毫与雄伟无涉。城楼与附近的城台、城壕、烽燧构成了军事防御体系。长城纵横万里，雄峙千年，冷眼看人间恩怨无数，征战了一部又一部喋血的往事。听塞外羌笛胡角马嘶，看大漠孤烟长河落日，时光在我眼前倾泻出数千年的繁华和劫难。来到这里，就来到了中国历史风雨的最前沿。

随后，越野车继续西行，要穿越茫茫黑戈壁，前往传说中的阳关和玉门关。千里迢迢寻来，难以置信这座土丘就是玉门关。李白、岑参、王昌龄、王之涣莫非滥用辞藻，都不是诚实的诗人？玉门关在哪里？曾经热烈想象过的悲壮，细致勾勒过的雄浑，早已被岁月侵蚀成虚幻的神话，荒冢一堆，偶有虔诚的诗人前来祭扫。这座土丘不是玉门关，春风所到处，遍地玉门关。

最后来到甘肃和新疆交界处的魔鬼城，越野车如蝼蚁般穿行在茫茫戈壁。亿万年风雨侵蚀，将这片古老的土地雕琢成千奇百怪的雅丹，静谧、苍凉得令人心碎。有谁知曾在这片土地之上，有过怎样英明的君王，残酷的政变，血腥的杀戮，都已稀释在了茫茫朔风之中。历史静默，在被遗忘的土地上，还有些什么，在彻夜作响，拖着冗长的回音？

不算太久的以前，孔雀河、疏勒河、塔里木河、车尔臣河曾汇集于此形成过巨大的湖泊，她便是大名鼎鼎的罗布泊，且因地处丝绸古道的要冲而闻名于世。这里曾牛马成群、绿林环绕，商贾、僧侣、士卒、歌妓云集于此，张骞、班超、甘英、玄奘英杰荟萃，引无数豪杰足迹遍布楼兰、哈密、敦煌、吐鲁番、库尔勒，以此造就了古西域三十六国的盛世繁华。

　　然而罗布泊最终却灾难性地神秘消失了，无数条河流干涸，成片的森林死亡，沙漠湮灭了最后一块绿洲，与浩瀚无垠的塔克拉玛干浑然一体。举世闻名的楼兰古城从此长眠地下，是谁留下了这么一座精心砌就的邦国？而今却废帐残旗，瘦马空壕，草缠沙拥，只剩下苍山如海，残阳如血。我们声嘶力竭地找寻着有关英雄的史诗，殊不知繁华过尽，我们都将成为荒漠。一笑人间万事，张骞李广俱往矣，数千年的题咏，也不过，只留下了几首佚名的诗。世间种种，终必成空。

　　终于挣脱小小的院落，置身于无垠的广漠，深深地，感受这种天地间一望无际的自由与从容，博大与空灵。雁群飞过荒芜的处女地，空中飘落着咸涩的雨，我戴着一顶红色的牛仔帽，踽踽独行在茫茫的黑戈壁。看四时大雪，千古不消，天高野阔，千岭万壑。感叹多少开边猛将，皆被雨打风吹去。风沙呼啸过大漠，黄河岸，阴山旁，英雄骑马归故乡。

我心朴素，一如旷野。我仿佛看见那少年骑着骏马，一再重回疆场，消失在猎猎西风之中。没有人知道，他曾经拥有过多么狂野的文笔和浪漫的情怀。任凭芳草离离，空寂辽阔。

2012 年 12 月

于镇原县城关镇

注：这几篇小文是我 2012 年初入基层工作时的一些日记片段，可以窥见当时对新工作环境的艰难适应。2013 年元旦，我从五里沟村党支部第一书记任上，调任祁川村党支部书记，之后就全身心地投入到这份工作当中，此后的很多文字大多与基层工作的深度思考有关，均收录在我的处女作《祁村奋斗：一个村支书的中国梦》一书当中，感兴趣的朋友可以翻阅。

25岁未婚青年聊婚恋观

今天是我的25岁生日，闹了一夜的肚子，因贪吃这一年一度的奶油蛋糕。

除了将这些鸡毛蒜皮、鸡零狗碎、芝麻绿豆的八卦，煞有介事地发而为文之外，甚至已经找不到更好的方式，以纪念这不值一过的日子。幸好我还一如既往地诚实，并以如此猥琐的陈词和邋遢的姿态，作为叙述的开端。在生命之烈焰熊熊狂燎了四分之一个世纪之后，还有皓月当空、冰凝水静的美好时光。

对于我自己学业的失败，事业的不幸，我早已长篇累牍、苦大仇深地书写了太多，可想而知，如此"怨夫"的25年有多么的不值一过了。为了庆祝这个孤苦伶仃的尴尬年龄不可阻挡地到来，今天咱说说别的吧。

一

我有一个同龄好友，在过去的一年时间里，闪电般地结婚、造人，闪电般地完成人生角色的多重转变，快马加鞭地冲刺到了 25 岁的关口，突然发觉她的婚姻并不幸福，产生了想要离婚的危险想法，于是惶惶然来找我这个还没有结过婚的人"寻师问道"。或是因我的人生已经失败得惨不忍睹，以至于被不少人误认为是个"明白人"，这里难免有落魄的味道。

我好奇地问她，你难道没有在结婚之前，便清醒认识到"他人即地狱""婚姻即坟墓""爱情即庸人的避难所"、结婚不过找个搭子做合伙人、因彼此预期过高而导致的婚姻之不幸实属"共性"而非"个案"等等，自然不必对其抱有美丽的幻想和徒劳的痴惘，在这不快乐、不幸福、不美满必然地到来时，也无需惶惶不可终日了。

她说当年爱情来得太猛烈，没来得及想这些就结婚了。我说，那你就顺着适龄男女结婚生子的惯性，一路浑浑噩噩、磨磨蹭蹭地走到天黑即可，不要在这个年龄突然如梦初醒、猛踩刹车，有些事情你看得越清楚就越痛苦。

经济学上有个边际效用递减理论，就是说一个事物它带给你的满足感是逐渐减少的，而不是与日俱增的。

在多样化偏好的心理需求之下，喜新厌旧才是符合人性的。有人不停地忘记承诺，寻找新的快感，无始无终，永无餍足，这种现象一点都不稀奇。稀奇的反倒是，人们为了爱情而做的一份坚守，一种责任，容不得朝三暮四心猿意马。那么，前者是反道德的，后者则是反人性的。

当一个人能在结婚之前，便以冷峻的眼光看透了偶像之易碎、孤独之永远，那么当婚姻中发生鸡飞蛋打、天崩地陷的事情，也就没有什么值得歇斯底里的了。那么结与不结、离与不离则完全等价，没有什么实质性区别。既然如此，我的结论便是"好死不如赖活着，好离不如赖婚着"。

我瞎忽悠完之后，她佯装取得了正经，从悲观的内幕中得到了教益，顿感轻松而拂袖离去。却无意中将我陷落在了无人解救的苦海，一时间难以逃遁便有了这篇文章。

二

作为一个大龄剩男，被迫参加过一些婚姻介绍活动，完全算不上身经百战，虽然没能练就一身穿梭于爱恨情仇之间依然毫发无伤的绝世武功，但我也有不少体会值得分享。

我总觉得，在相亲中将自己打造成偶像的预谋，无异于为自己埋置了一颗定时炸弹。如刻意地卖风雅、秀文艺、装深沉，因为偶像是易碎物品，持续维护偶像的成本极大，对演技的要求也极高，为了不露出马脚，不将失败的恋爱演变为失败的婚姻，倒不如以诚实的面孔示人。我毫不掩饰作为一个正常人的贪财好色、好吃懒做，原来诚实是要付出代价的，终究我落得个曲高和寡、孤掌难鸣、可怜没人爱的下场。

据说相亲也是有不少"武功秘籍"的。比如人不能同时踏进同一条河流，但却有人可以同时踏上好几条船。八面玲珑、驾轻就熟地游走其间，在准备好进攻方向的同时，早已准备好了逃跑的路线。因为彼此心里都有一支娘子军、加强连，对对方进行多角度的衡量，如容貌、身材、学历、才华、如花似玉、谈笑风生等，所以每当你踏上一条船的时候，就做足了充当陪练的准备。纠结着、拧巴着、较劲着，结果只是腻歪了一下。所以不必在相亲中掺杂太多痴惘。

我也曾预设了一个女子，才华横溢桀骜不驯、武功盖世纵横四海。但我经过了从江南到北国，从滨海到内陆，从都市到乡镇，依然一无所获。待风卷云消，看无奈岁月向着人生中年马不停蹄地奔去。我却如一个陀螺，在残酷岁月的无情抽打下，吱吱扭扭地在原地转动着。

这一生，能在恰当的时间，恰当的地点，于茫茫人海之中，碰见一个自己深爱，同时也深爱着自己的人，简直就是一个小概率事件，或者近乎"不可能事件"。乐观的人认为概率不会为零，开始了搜山检海般的探寻过程。悲观的人认为任何结合都是纯粹的错误，不接受不完美就孑然一身度春秋。

于是就需要低头妥协，不是向别人妥协，而是向自己的满身缺陷，自己的无端诉求妥协，是一个向内妥协的过程。所以，婚姻无需什么精致的仪态，华丽的文辞，口若悬河的辩才，只需要哪怕一点点地妥协。于是，我找到了一份息事宁人的稳定工作，开始在现实世界中营造自己的事务领域。对该遇见的与不该遇见的，都保持了礼貌性的微笑和寻常人的缄默。

三

其实，人要对人生一些必然的孤独有冷静的认识，如婚姻不是孤独的解药。抱歉，我无意于戳穿这个谎言，那将会有太多人指责我的鲁莽和极端。我们需要谎言，需要假象，来增添许多尘缘，才活得下去。

包括我在内的没有结过婚的人，有理由认为，婚姻能提供另一种归宿。奢望爱情可以填补孤独的深渊，婚姻可以解救生活的无聊。于是乐此不疲地聚会、喝酒、唱K、交友，以逃避自己，以驱走那折磨人的寂寞。我们狂躁不安、畏惧独处，因为独处时其自身的庸俗便暴露无遗。殊不知孤独的深渊爱情不可填补，婚姻只是以一种无聊代替了另一种无聊。

只有当一个人拥有了卓越的灵魂，才会喜欢闲暇，热爱安静，陶醉于自觉的孤独之中，沉浸于自我的精神世界，自得其乐。而对于寻常人所热衷的聚会、频繁的交友，在他看来都纯属多余，甚至是一种烦恼和累赘。因为一个人自身越深刻、越丰富，他对外在之物、之人的需求和依赖自然就越少、越不重要。如叔本华所说："一个人对于与人交往的热衷程度，与他智力的平庸及思想的贫乏成正比。人们在这个世界上要么选择独处，要么选择庸俗，除此之外，再没有更多别的选择了"。

这些年我以一个普普通通的个人，从辩证法的角度讲，备受了太多创伤，可能也伤害过别人，才渐渐地看清一些事情，对自己否定，否否定，否否否定，这才慢慢地宠辱不惊，不悲不喜。

25 岁生日，并非什么家国大事，自然不必琐碎饾饤地加以记录，更不必正襟危坐地加以追忆。但趁着蜡烛还没有燃尽，我许个愿吧：纵然走到了生命中退无可退的最后据点，可我依然有超人的胆量，充分的好奇心，丰富的想象力。我忧心忡忡地看待未来，但仍满怀美好的希望！

2015 年 9 月 13 日

注：25 岁那年，我和兔扁扁相识，经过 6 年长跑，最终都没放下对方，于是 31 岁走入婚姻殿堂，32 岁有了小宝宝。转眼十年过去，如果说上面都是婚姻之前的演练的话，那真正的婚姻会比这麻烦太多，收获也更多。与此有关的文字，我都收录在了《芃爸讲故事》系列当中，期待能早日与读者朋友们见面。

在云南发呆晒太阳

　　2018 年阳历二月初，在大半年的焦虑与疲惫中，忙完 2017 年最后一项闹心工作，稍得片刻清闲。此时距农历春节只有不到两周的时间了，兔扁扁蓄谋已久地将我抓上了飞机，远行近两千公里，抵达云南丽江古城。

　　接下来要经过的城市、走访的景点，包括餐饮、住宿、接送都已衔接妥当。为了能让我缓解累积的疲劳，兔扁扁提前做好了精致和周详的准备。这个形影不离的家伙的严谨与苛求，俨然当年执拗的我。

　　其实，此时旅行于我并不轻松，手头的论文已逼近截稿期限，只得在旅途中携带近 10 本专著、200 余篇文献，飞机上、高铁上、宾馆里，一有空隙就抓紧翻阅。这一周的度假，算是提前透支春节了。果然，大年三十晚上，兔扁扁打麻将的时候，我还在痛苦地伏案写稿子。

不过，这里绝对是个发呆、睡觉、晒太阳的绝佳去处。

束河、大研是丽江必去的古镇，时间在古老的石阶上缓慢流淌，触目所及的艺术气息，足以唤醒每一个剽悍任性的灵魂。会走路就会跳舞，会说话就会唱歌，连"长着两只左脚"的兔扁扁，也顿时艺术"细菌"爆棚地手舞足蹈了起来，扬言要赖在丽江不走了。只是随着旅游业的发展导致过度商业化，让古镇多了几分喧嚣，少了几分清幽。丽江还有不少自然景区，如拉市海、观音峡、泸沽湖、玉龙雪山等，未能逐一造访，最著名的玉龙雪山也因当天风太大，索道停运而没能登顶。

大理绝不仅是一座城。下关风、上官花、苍山雪、洱海月（所谓"风花雪月"），高远、恢宏、神圣、自由和浪漫。唐宋时期，这里被南诏国（13代王285年）、大理国（22代王316年）两个王朝所统治，历时500余年，这也是大理最为神秘和辉煌的一段历史。小说《天龙八部》就取材于此，痴情公子段誉就是以大理国第16代皇帝段正严为原型塑造的，六脉神剑、凌波微步或许就是大理段氏的独门秘籍。高原湖泊洱海，崇圣千年三塔，是到大理朝圣的必去之地。虽然许多往事已经苍茫和虚无，但到这里，就要讲历史、尚英雄。

在昆明停留的时间太短，没来得及细味"春城"的韵味。这里是西南地区众多民族的政治、经济、文化、宗教交流的大舞台，"民族村"里二十多个民族的风情小镇，给我这个"水又（汉）族"人不少的震撼和灵感。传说中的滇池，终于在触手可及的地方，喜茫茫空阔无边，五百里滇池奔来眼底，数千年往事注到心头。如大观楼上有诗云："汉习楼船、唐标铁柱、宋挥玉斧、元跨革囊。"无数丰功伟绩，费尽移山心力，都付于残阳落照，只是"叹滚滚英雄谁在"，惊艳的自然风光、神秘的古老传说、绚烂的民族风情，应是七彩云南最令人神往的原因。另外，非常感谢昆明玲姐的热情招待。

这一圈儿，我的任务就是被兔扁扁牵着走，只要放松放松就好，所以没有她那么多苛求，"玉龙雪山没爬到顶、茶马古道上没骑马、西双版纳没去成"等等，呵呵。生活里需要催逼的事情太多，能赶趟儿的就尽量不去着急。

最喜欢束河古镇以手鼓伴奏的民谣，回来的时候买

了两张车载 CD 来回播放，手鼓响起的时候，我心里满
是那个阳光普照的边陲小镇。

2018 年 2 月 21 日

于兰州大学研究生公寓

读书有用

　　青春之问，奋斗作答。这里收录了我在漫长求学过程中，学习文学、历史、法律、经济、草学、伦理，以及乡村治理等知识，而写作的一些小品文。从职业的角度讲，这不是规范的学术文章，大都是些"无用功"。但收录在一起时，却产生了别样的意义。我仿佛看到一个少年，在如豆的灯火旁，累月经年，汗流浃背，做完了"读书有用"的证明题。

一个人的试验——《祁村奋斗》后记

完全谈不上"奉献"，我没有那么清高；也算不上"镀金"，至少现在看来，并没有为我带来多少政治上的际遇；也从来不敢以"批判者"自居，我还完全背负不起这样高大上的使命！如果非要为此找个理由的话，那充其量只是一个落魄书生为了混碗饭吃的苟且，却又不甘光阴虚度，从上任伊始便雄心勃勃地精心编制了一场试验。但也只不过是一场，一个人的试验，而已！

时光飞逝，我反复咀嚼并诘问，三年的艰苦实验到底获得了什么？每当触及这一问题，我总是充满畏惧、如坐针毡。或许结局太过复杂，非得洋洋洒洒写上20多万字的"实验报告"，才能尽可能地呈现它的全貌。但我所能做的，和所能获得的最多成果，或许就只有这些了吧。

现在，我在本书的最后，再为那些我一厢情愿地假想出来的读者和观众，梳理一下本实验的提纲：

1.实验目的：以西部地区一个寻常贫困村的"熟人社会（社区）"为研究标的，从"农村产业开发（经济）"和"乡村政治构建（法治）"两个宏观角度切入，以基础设施建设、要素存量摸底、乡村金融创新、农村社保普惠、依法治村构想、传统文化挖掘等一系列具体工作为抓手，并以该村庄的现实状态为切片，管中窥豹地对当下中国复杂的乡土社会，既有一个相对精致的全貌勾画，又有一些较为深刻的微观解剖。毫无疑问，这个目标不算小。

2.实验条件：幸运的是，我上任伊始便被组织委以祁村党支部书记的职务，任期为三年。这一平台恰好为我起初的实验构想，提供了得天独厚、难以模拟的理想环境。"村民自治"的制度宽松，"社区一把手"的职位便利，都为实验的顺利推进提供了充分自由裁量和相机抉择的内外环境。协助我工作的团队成员有10余人，除了两名吃苦耐劳的包村干部之外，其余村班子和村民组长多为初中以下文化程度的当地群众，他们的行为模式与治理理念也为我提供了最原生态的实验素材。

3.实验过程：因机缘巧合，祁村被确定为市委重要领导的联系单位，政策的倾斜与资源的注入，都为祁村的快速发展带来了宝贵的历史机遇。同时，上层领导在农村工作中的一系列前沿理念，如精准扶贫、互助资金、农业保险、平安村创建、惠农新政试点等，都为我的实验带来了与时俱进的新鲜内容，使其更加丰富多元并紧扣时代脉搏。但多方力量的迅猛介入，很快使祁村工作中的成绩与失误、我本人个性中的优点与缺陷，都被暴露在了聚光灯下并迅速放大，使镁光灯下的我，那个幼稚的实验者，始终像个孤独而别扭的小丑。

4.实验结论：即便这份实验报告如此繁琐，但也只能算一种力求科学与真实的展示，很难说有什么结论性的判断。当然，其中不乏一些极具价值的探索，如农村合作金融实然的存在状态、村民自治应然的组织形式等话题，都凝聚了我巨大的心血与情怀。但也不乏一些不成熟的章节，如县域经济与农村综合体制改革、乡村政治引发国家制度的思考等，每当我企图突破一个村镇，将视线引向更广阔和深远的领域的时候，便力不从心却又情不自禁。那些在现阶段看来还欠成熟的思考，或都将成为我今后向更深层次展开研究的萌芽。总之，三年时间太短，并且越深入就越迷茫，困惑、犹疑、悲伤远胜于明朗、清晰、欣喜。现阶段乡土中国的复杂与矛盾，想用这样的一份实验报告，去匹配三年前踌躇满志的实验目的，或许还太着急。

这场试验对于我个人的意义：

1. 从学术的角度讲。过去十年，虽然迫于生计从事过一些不同职业，但内心深处从来都秉持着，对学术钻研的执着探索、对独立精神的固执坚守、对知行合一的身体力行。但我的生活依然一贫如洗，虽然获得了管理学、经济学、法学等学科的学位，拥有丰富的实践经历，但依然没有获得一个较为满意的研究机构的博士录取通知书。虽然我从来都不认为，伟大的思想家非得要从学士、硕士、博士的流水线上成批量生产出来。

2. 从工作的角度讲。三年体制内的基层实践已经结束，要说完全没有过幻想和野心，恐怕也是不可能的。但我对自己所拥有的资源和能触及的空间有着清醒的了解。人才极度匮乏的贫困地区，自有它对人才高度免疫的丛林规则，理想越多只是徒增了些痛苦和烦扰。于是不再感兴趣于对聪明、技巧、觉悟的追求，而是趁早回归本真，努力着做一个诚实而笨拙的人。如果一个人不傻，而被目以为是个傻子，实则是给了他最大的自由。

这一切的一切，对我个人而言，无所谓有意义，也无所谓无意义。思考的积习与写作的自觉，促成了这本不成熟的作品，算是对宝贵青春的交代。如果有一天两鬓华发，重拾这部年轻而充满瑕疵的作品，就如同遇见了当年不完美的自己，我将为那份勇敢、坚韧、执着、壮怀激烈，感动得泪流满面。

虽然三年实验过程中的无数孤独与苦涩，鲜有人与我分享和共担，但也绝非"一个人"能顺利完成，还得益于很多亲人、领导、师长、同事、朋友的无私帮助。在这卸任之际，向他们郑重鸣谢：

1.感谢我的父亲赐予我坚韧不拔的血脉，过去十年中，多少个困惑与犹疑的路口，无数次渴望能得到他的叮嘱和规劝，甚至耳提面命的批评，都已成为奢望。在那寂静的暗夜和无助的角落里，我每想到他的音容，都哭成了泪人儿。感谢我的母亲，对我将近而立之年依然一事无成的原谅。感谢兔扁扁对我的耐心、信心，和毅然决然的追随，以及被迫成为我所有著作的第一个虔诚而忠实的读者。

2.感谢兰大草科院的李春杰老师，兰大法学院的迟方旭老师、陈国文老师，人大农发学院的汪三贵老师、董筱丹老师等师长，对我多年来坎坷学术之路的关怀与引导，以及对这本著作的指导与斧正。对我这样的野路子出身的学生的接纳和鼓励，也足见这些学术机构的包容。也感谢温铁军先生、李昌平书记、唐忠院长、梁鸿老师对后生的不吝指点。

3. 感谢我所在乡政府的领导，如果没有李四科书记为我提供宝贵的工作机遇与研究平台，今天的进步与蜕变都将无从谈起，他的胸怀和视野给予我极大的教育。感谢李荣喜镇长对我研究工作的顺利开展提供的人力、物力上的诸多支持，令人心怀感恩，另外他的才华与方法也让我敬佩不已、受益匪浅。感谢袁涛主任相见恨晚的信任和祝福。感谢祁村全体群众对我能力不足的宽容和拥护。感谢祁村全体村班子对我工作一如既往的支持和帮助。感谢同事李海霞、常玉佩，他们是我在基层工作中的得力助手。

4. 感谢中国法制出版社提供的优秀平台，感谢朱丹颖编辑的独具慧眼，他（她）们的精心策划、细致审校、完美设计等基础性工作，为拙著的破土而出奠定了不可或缺的先决条件。离开了朱老师的过蒙拔擢，本书取得的哪怕一点点成绩（如果有）都将无从谈起。

5.感谢所有读者的关注和支持，他们的点滴鼓励一直是我前进中的最大动力。

2015 年

于镇原县城关镇

《祁村奋斗》访谈录

看了您的书稿，我们很感兴趣您当时是在一种什么样的情况下选择了当"村官"？

当时考研失败、打工受挫，在多个战场全线溃败之后，无路可走，无处逃遁。回家恰好遇上家乡政府招考，就考了一个岗位。非常偶然的机缘，共同形成合力，促成的一个必然结果。或是冥冥之中自有安排。

当年，身边有较好的教育背景，又去当村官的人的确不多，大学生直接去当村支书的则更为鲜见，这在当时本身就像一道风景。我的同学朋友中，继续深造做学问的人占大多数吧，他们走的都是比较高大上的路线，像我这样的算是混得比较"差"的一种。

从全国范围来看，这些年陆续到基层第一线去历练的高素质人才也慢慢多了起来，如"村官"、乡官、县官，各个层级的都有，逐渐成了一种新常态吧。如果真的来到这个现实场域当中，你会发现当好一个村支书绝非易事，再高的学问也绝不屈才。

当初去乡政府上班的时候，您觉得自己足够了解中国的农村吗？

当初对农村的理解和今天相比较，是完全不同的两个概念。当"村官"之前，是村民或群众视角，之后则是公共治理视角；之前是完全感性化的认识，之后才进入理性钻研的阶段。一前一后存在实质性不同。

我从小在农村长大，从乡村中学毕业，在兰大读本科时学的也是农学，但直到大学毕业，我都没有完成自己农学人身份的内心认同，而且一直是在逃避、逃离，通过学习法学、经济学等学科，向所谓的热门专业靠近。

真正的改变发生在我进入乡政府，在村支书这个工作岗位上，之前学习的理论才在实践中接受检阅，当然这个二次学习的过程，是建立在以前的理论储备之上的，并且能自觉地边实践、边钻研、边思考，理论与实践才能实现结合与碰撞。我在这里完成了自己内心的转型，从此以后的研究与实践工作，都不曾离开农业农村这个母题。

您觉得您担任村支书的这三年最大的政绩在什么地方？或者说您最关注的领域有哪些？这些关注对这个村庄最大的改变是什么？

首先得回答什么是"政绩"。对于"会干工作"的干部，就是要上一些短平快的项目，看得见、摸得着、叫得响。像我这种"不会干工作"的干部，总去关注一些"看不见、摸不着"的事情，因为公共服务方面的软环境的形成，需要久久为功，一代人接着一代人去完善和坚持，但这些工作往往没有纳入官方或民间对干部的评价体系之中。所以我一直说，要形成正确的"政绩观"。

这么说可能有些抽象，我们可以举个例子。村子里要修一条砂石路，这种基础设施建设项目，就属于短平快的政绩工程，只要你向上的公关能力足够强，能找到经费支持，就是政绩，当然也是"能力"。但路修好之后，村里没有专项维修和养护资金，又不能随意征调义务工，如何组织村民在农闲季节修桥补路、维养公共设施？更进一步说，在没有公共财政的村集体，持续提供公共服务的能力从何而来？就需要制度构建，需要人文积淀。尤其在增量建设接近尾声，存量资产进行保值的当下，这种能力更加重要。

除此之外，我还开展了很多"看不见、摸不着"的工作，如村民自治、村长选举、农民合作社、互助金融等等。其中，村民自治已经谈了30年，究竟采用什么理论和什么方法来提高农民组织化程度，以改造农村社会，从来都是争论最激烈的话题，乡绅自治、宗族力量等传统"老方法"管不管用？民主、法治等"洋方法"能不能进得来？因为官方对此的论述还很有限，所以实践起来还是很孤独。对于这些"关注"到底带来了多少"改变"，我确实不敢有太多的预期，恐怕在我卸任之后，很多事情就灰飞烟灭了。

您觉得在任职的三年时间里，最难忘的事情是什么？不妨举举例子。

可以这么说，这三年的村支书经历，作为一个整体，它所具有的样本价值，在我的整个人生中是意义非凡的。就像《祁村奋斗》这本书，它本身的学术价值暂且不论，最重要的是，它提供了一种"如何研究一个村庄,如何在一个村子里开展工作"等学术与实践上的方法论借鉴。至于这些"方法"是否具有社会层面的普遍价值,我觉得我应该有这个自信。

要说什么事情"最难忘"的话,要算 2012 年创办农村互助资金合作社,和 2014 年村两委换届选举这两件事情吧,也是我任期内的两件大事,融入了我太多的心血,可以说都被我用力过猛、用心过度了,哈哈。最终的结果或因各种各样复杂的原因极难令人如意,甚至一度给我自己带来了不小的伤害,当然,这既有我自己的不成熟,也有太多体制上的不完善。感兴趣的朋友可以读我的著作,对这两个案例都有细致地讲述。不过还好吧,我对这些事情基本还都能常怀感恩之心,感恩在这个幼稚的年龄,有过如此宝贵的经历。

当村支书的这三年,您是否尝试着总结过收获是什么?

关键还是在于"收获"怎么界定。如果从功利的层面讲,我可以说是"一无所获",副乡长也当不上、博士也没考上,已经处于快要失业的边缘状态了,还敢奢谈什么收获?

至于隐性收获，至少在这个过程中，我完成了自己，使少不更事的青年得到了充分锤炼，"惟有读书高"的精英主义思想得到了极大修正。丰富的人生阅历，让自己更加饱满和广阔，增加了人生的传奇性。

再回到问题中来，什么才算得上"收获"？在我看来，对于实践者而言，是否完成既定目标，可以作为成功与失败的标准。但对于思考者而言，成功有成功的收获，失败有失败的收获，但凡经历就有收获。因为，对我而言，是无所谓成败的，收获都因经历而"满载而归"。

您觉得历时三年实践的结果和当初的理想相比，之间有差距吗？差距在哪些方面？

现实和理想向来是有差距的。当然我自己改造乡村的理想，和整个国家与时代的理想是相契合的，我自己的改造方案不可能是一个脱离现实环境而完全个人化了的乌托邦，应该是"一个村支书的中国梦"，呵呵。

同时，理想不是一成不变的，而是在实践中不断修正和完善，需要充分地学习历史传统，借鉴西方先进理论，结合地方乡土知识，相互耦合形成一个"新农村"。

我也提出了一些符合村情、民情，且切实可行的改良方案，但目前从整个国家层面，对这些问题的论述还很谨慎。这些试验性的工作必然带有很大的局部性、个人性、理想化的色彩，我将这一实验报告出版出来的目的，也正是希望它能引起更多的探讨。

至于差距在哪些方面，回答这个问题需要再出几本著作。

您今后有什么打算？还会继续做乡村问题的研究工作吗？

现在还不好说。像我这种人，总是被大风刮到哪里，就在哪里落地生根。所谓"规划"只不过是些"臆想"罢了。

如果从事研究工作，我的研究兴趣也很广泛，之前的学科背景很丰富，与乡村社会有关的经济、法治问题一直会保持高度关注，同时农学、法学、经济学等学科都会是我的主阵地，尤其是对法学的学习，使我感到自己的最终落脚点可能在这一领域，与我的性情也最为匹配。

如果从事实践工作，政治前途不是由自己能说了算的。对农业领域的创业，我也一直保持着旺盛的兴趣，有机会和有积累的时候，不妨一试吧。如创办一家"理想农场"，呵呵。

2016 年 11 月

于兰州新区

写给投身基层工作者的"读书单"

自从拙作《祁村奋斗：一个村支书的中国梦》出版以后，有不少学弟、学妹误以为我在基层干得非常成功，常以发微信、写邮件、叫吃饭等方式，"请教"我基层工作经验，被法学院、草科院的一些班级或支部邀请，去做过一些经验交流。

其实，我的基层经历并不成功，《祁村奋斗》这部作品也恰恰是我失魂落魄之后的产物，甚至是憋着一口气写完的。人只有陷于低谷，才能仔细剖析自己，并认真思考有关"人生何往"的问题。后来穷途末路了，才被迫出来读博士。不过现在也不患得患失了，讲梦想、讲情怀的人，是必然要经历一些幻灭的。

这些年边实践、边钻研，如果非要谈收获，讲真也有些干货。但有鉴于，一些问题被问过我很多次，也没有回答出提问者所期望的高度。若有机会，我或许会再写一些基层工作的得失对错，不过再俟平静淡定之后。现在，我以"读书单"的形式，为去基层的同学，推荐一些农业农村题材的作品，希望对朋友们的工作有所助益。

第一，费孝通先生系列作品。费老先生的书，是每一个立志以"读懂中国社会"为志向的人的必读书目，这种以一个村为单位的微观研究方法，给我后来的学术研究及写作以极大的启示。后来有人冒失地将《祁村奋斗》比喻为现代版的《江村经济》，我虽然愧不敢当，但也毫不掩饰自己的目标和雄心。出版这部作品时，我恰好28岁，与费先生当年的年纪相仿，而创作过程就是以《江村经济》为蓝本的，并以此向先贤致敬。费先生的《乡土中国》也是必看的，这是个随笔集，是高度抽象过的杂文，没有具体的案例和研究方法。

第二，任继周先生的随笔集。任先生是中国草业科学领域的第一个工程院院士，是我在兰大草科院读本科时的老师。任先生的绝大多数作品都是非常规范的学术文章，专业以外的朋友不一定好读。但先生晚年著有随笔集《草业琐谈》、诗集《草人诗记》，分享了先生所处时代和从事专业的很多趣事，文笔雅致，思想深邃，非常值得一读。尤其是《草业琐谈》，我经常放在案头，闲暇时就翻开来咀嚼，并不遗余力地推荐给我的学生或身边的朋友。每当有青年友人将我戏称为草业圈子里文笔最好的学者时，我都会惊呼，你们读过《草业琐谈》吗？

第三，张晓山先生作品。说来惭愧，我在基层工作时，正值农民专业合作社等新兴经营主体快速发展的时期，我也曾亲自创办过合作社并担任理事长，为了方便工作的开展也读了一些书籍，但完全没有理解其中要义。直到后来来到中国社科院，师承中国合作经济的代表人物张晓山先生，才坐下来从头至尾阅读中西方合作社的发生、发展，及背后的思想精髓。张老师和苑鹏老师合著的《合作经济理论与中国农民合作社的实践》一书，是中国农民合作社研究的经典之作。我毕业离京时，张老师还送给我两本他的著作以作别，分别是《合作经济理论与实践》和《走向市场：农村的制度变迁与组织创新》。细细读来，让人深切感受到合作社所包含的社会理想。

第四，温铁军先生作品。温老师是学新闻出身的经济学学者，在中国农业经济领域具有举足轻重的影响力。我在中国人民大学农村发展学院读硕士时的时候，正值温老师担任该学院院长。温老师在乡村建设、生态农业等方面的著述，以及"用脚做学问"的方法论，对我产生过深刻影响。他的作品及思想是自成体系的，无论是《三农问题与世纪反思》，还是后来的《八次危机》《去依附》等都是一脉相承的。这样的作品很学术、很严谨，许多扎实的调研资料的梳理，使结论水到渠成不加雕饰。后来温先生团队还出版了一本《从农业 1.0 到农业 4.0》的畅销书，讨论农业的生态转型与可持续发展，也要强烈推荐。

第五，曹锦清的《黄河边的中国》。这本书部头很大，以日记体写成，不是那种体例工整、论证雅驯的学术文章或学院做派。曹老师置身于调研场景，历史、地理、经济、社会等知识信手拈来，在很随意的访谈之中，多角度阐述有关底层社会的思考，无不彰显作者广博的学识、敏锐的洞察、辽阔的胸襟。我很庆幸自己在足够年轻的时候就遇到这本书，他的写作方法，给我很多潜移默化的影响，很多年挥之不去，该书是我行走基层时随身携带的枕头。

第六，徐勇先生作品。徐先生所在的华中师范大学中国农村研究院非常有名，这里的学生大多会被要求以一个村为对象，选择一个视角展开博士论文的研究，这与费孝通先生"微观社会学"的方法一脉相承。这个研究院出来的大牛很多，出名的博士论文也不少。如于建嵘的《岳村政治》等，阴差阳错的是，后来我在社科院农发所时，与于老师恰好属于同一个研究室。我在担任村支书期间，决心以一个内生的"村支书"，而非外来的"研究生"为视角，去完成我的硕士论文，后来我出版的《祁村奋斗》，正是在该论文的基础上扩展而成的一本书，可见我也是受此学派影响颇深。徐勇教授还有一本《乡村治理与中国政治》也很好，贺雪峰的《地权的逻辑》等，也不妨一读。

第七，李昌平书记的作品。当年作为乡镇党委书记的李昌平，写给朱镕基总理的那封信，对中国"三农"问题产生的深远影响，应该是超过了同时期的任何一篇学术论文。他的著作《我向总理说实话》红遍大江南北的时候，我才刚上初中，不懂其中深意，后来读起，竟然多次被感动至落泪。再后来，我卸任村支书，并完成了拙作《祁村奋斗》，踌躇满志地在北京寻找合适的出版社时，特意在北京拜访了李书记。简单汇报了我的实践和研究成果，李书记慷慨答应为拙作写序，并给予我极大的鼓励。交流结束后恰值午饭时间，李书记还邀请我吃了一碗西红柿鸡蛋盖浇饭，记忆深刻。

第八，梁鸿的《中国在梁庄》。这是一部纯粹的文学作品，尤其是非虚构写作兴盛的这些年里，梁鸿的"中国在梁庄"系列，算是最早以文学视角介入农业农村领域的作品。该书名噪一时，得过不少大奖。我写过该书的读后感，为此也和梁鸿老师有过书信来往，很感激她的谦逊和热情。不过人文作品对社科类的实践研究，方法论上的借鉴意义不是很大。甚至以社科研究方法来考量，有些结论的获得还是欠规范的。

第九，同乡赵江涛的《南疆住村笔记》。赵江涛是我的老乡，也和我同龄，清华大学硕士毕业之后就去了新疆，非常偶然的机缘使我和他取得联系，并交换了作品。他很有远见，仕途也很成功，是同龄人中的榜样。后来再联系时，他已经去了一个县担任县长。为此，我经常以他为镜子，来反躬自省、取长补短、见贤思齐。他是这个大时代里，前往基层一线的高材生中的杰出代表，感兴趣的朋友也可以搜索他的微信公众号，读他的文字。

第十，最后要说拙作《祁村奋斗：一个村支书的中国梦》。该书是我28岁时，干满一届村支书（3年）之后的实践之作，有较强的学术性、实践性，我当然也曾努力着让它很好读、很畅销，但是，这很难兼得，也事与愿违。如果只想读读文学随笔的朋友，最好不要白花钱。不过去基层的同学，可以果断点击"一键购物"，哈哈，将其作为一个参考系带在身边应该不算太差，如果28岁时，你能拿出"完爆"它的作品，想必你一定取得了不小的收获，也是作为学长，送给你们最好的期待。

最后，祝愿勇敢投身基层的同学们，最终能有一个配得上青春的喜悦收获。祝大家前程似锦、宏图大展！

2018 年 6 月 7 日

于兰州大学

草根视角闲读水浒

2018 年夏天，我已离开基层工作岗位，等待前往北京深造。时间的缝隙里，随手拾起一本金圣叹"贯华堂本"《水浒传》，不料沉迷其中难以释卷，又继续翻阅了多本名家点评，乘兴写了不少感悟，这些文章好似一道窄窄的门，里面仿佛若有光，依稀照见前行的力量。

其实，我一直好奇地审问自己，为什么会在这样的一个转捩点，对《水浒传》这部古书，突如其来许多病态的好感？这个问题可以粗略地分解为三个小问题：第一，《水浒传》的作者群是些什么人，是些野心勃勃的草根幻想家吗？第二，《水浒传》的粉丝群又是些什么人，是些有着强烈自我实现愿望的草根边缘者吗？第三，《水浒传》要将什么精神赋予"英雄"的称号，是以自杀的方式包装起悲壮的英雄梦吗？

　　对上述问题的回答，恰好给出了我品读《水浒传》的角度，即草根视野解读英雄梦想。毫不遮掩地说，我笔下的这些文字，并不只是在评论小说和历史，更多的是在解构自身和社会。我不是一个专业的文学评论者、历史研究者，我只是千万草根读者之一。我没有能力去苛求文史意义上的绝对正确（若有误读之处，还请方家见谅）。但我忠诚于自己的内心，以懒于遮掩的锋芒，写下了过去三十年，将那最好的年华，混迹于市井、荒废于微末、挣扎于底层，所感知的人生和社会。

　　1. 草根英雄

　　什么是"英雄"？林教头、鲁提辖、武都头、杨制使、晁保正、宋押司等辈，论所居官职和社会地位，大多是科级以下的基层官吏，或营级以下的低级军官，即便是花知寨、秦统制、卢员外、柴大官人等混出了点名堂的人物，也多是主流社会的边缘者。这些人凭什么被小说赋予"英雄"的称号？这就好比是，生产队队长、村委会主任、村小学教师、乡派出所民警、乡武装部干事、县政府办文书、县刑侦队干警等职位上的工作人员，你是否愿意对他们报之以英雄般的审美？

　　古往今来，世人眼中的成功者、大英雄，恐怕只有如蔡京、童贯、高俅这样的达官显贵、豪门巨室，以趋炎附势、爬高踩低、阿尊事贵为能事，千方百计混进他们的朋友圈，炫耀逐腥之能、狐虎之威。历史是如此健忘，于是"英雄"需要被重新定义，英雄的作用需要被重新评估。而《水浒传》这部小说，它恰恰没有大政治家、大军事家的戏份，它不是为王侯将相歌功颂德的，而是为草根英雄树碑立传的。

小说将镜头聚焦到了那些游离在社会最底层的小人物、小角色身上，细致刻画他们的人物性格，用心打捞他们的命运沉浮，用他们身上所散发出的光辉，来传播力量和温度。虽然许多人只是贩夫走卒、引车卖浆之流，甚至不少人的历史档案并不英雄，但最终都能舍生取义、战死疆场、为国捐躯。从上述角度来看，《水浒传》很早就认识到"高手在民间"，并拥有"非主流的英雄观"，这恰好是《水浒传》这部书最与众不同的地方。

2. 草根文艺

什么人是这部书的作者群和读者群，在辛勤创作和奋力传播？水浒人物故事，发生在约一千年前的宋朝；《水浒传》这部书的雏形，诞生于约五百年前的元末明初。接下来的五百多年里，这部书被众多草根知识分子，不断加工、完善、修订，他们大多没有留下姓名；这部书也被无数草根粉丝，不断刊印、转载、传唱，是他们让这部作品持续"刷屏"，永葆活力。我不禁感到深深地好奇，这些跨越五百年时空的作者群、读者群，从何而来如此持久和旺盛的力量？我以为其中定有秘密。

这部书是时代边缘者的精神家园，那些怀抱理想，却在各自的时代找不到归途的人们，不约而同地将这部书视之为了圣经，它塑造了一种不屈不挠的草根精神、底层气魄。这部书，来源于底层，关注着底层，深深扎根在底层。我仿佛听到，五百年来的作者们、读者们，手捧这部书的时候，哭着哭着却笑了，笑着笑着却哭了。当然，读者群体也发生了分化，不少人对此嗤之以鼻，认为水浒乱逞英雄，多是些土匪强盗，整部书也是社会流毒。

殊不知，所谓"水浒"，它的字面含义就是"水边"，即江海湖泊的边缘地带，有险滩、泥淖、暗礁、深泉，曲折幽深、杂草丛生，它暗示的恰恰是，整个社会最冰冷、最阴暗、最看不到希望的角落。只有那些在社会底层艰苦攀爬、辛酸付出、饱尝挫败的人，才能看到《水浒传》这部大书，深刻且悲伤的全貌。草根视角，是我为此找到的秘密，也是我品水浒、评水浒的一个基本出发点。

3. 草根宿命

草根英雄们会有一个什么样的宿命？豁达潇洒的智深和尚，圆寂前所参透的"我是我"，究竟是个什么样的"我"？历经磨难的林教头，在无限孤独寂寥之中，病死于六和塔。战无不胜的草根英雄代言人武二郎，在战争中失去了一条胳膊，皈依佛门沧海寄余生。踌躇满志的卢员外，攻克了无数碉堡和阵地，依然走失在了贵族为他编织的迷宫里。那个拥有强烈的自我实现的郓城书生宋江，穷其一生心向朝阙，不惜以自杀式的疯狂手段，最终是否带领他的兄弟们突出重围，找到了他苦苦寻找的意义？

悲剧的力量，就是将美好的事物毁坏给人看。小说精心塑造的英雄，穿越时空成为无数读者的挚友，甚至成为读者自己，然后又以极度血腥的方式，将他们统统杀死，让我们体会那种，失去朋友、失去自我、失去对命运的信心的痛苦感受。不过，小说依然宽宥了一些人，水军头领混江龙李俊、浪子燕青、被剥夺了爵位的阮小七等，他们以低微到尘埃里的方式得以保全，这已经是他们最好的归宿了。

回首这部大书的开端，林冲以"清君侧"为由，火并王伦推举晁盖为首领；宋江将弟兄们聚集在"替天行道、保国安民"的旗帜之下，只反贪官不反皇帝。他们的梦想实现了吗？试问苍天绕过谁，蔡京、童贯、高俅等奸臣贼子，终被钦宗皇帝赐死；而徽钦二帝欠下的债，自有女真人带他们去寒冷的五国城清算。不过，这些内容都已超出了《水浒传》这部小说的范畴，是人们以历史视角，寻求的一点儿安慰罢了。

读完整部大书，总觉得心中块垒难消，悲伤汇流成曲折的河，却总是看不见开阔的江海。平凡人自有平凡人标配的人生，只是活着，已经拼尽全部力气。

2018 年 8 月 30 日

于兰州百合花宾馆

再读关羽华容释曹公

关羽起身于毫末，常在乡镇集市上卖些初级农产品，有一天偶遇刘备张飞，三人志同道合而立投名状，以"只求同死"的偏激条款，作为约束和惩戒机制，除此之外，该民事合同中，并无实质上的权利义务内容。

后刘备怒杀车胄，遭曹操大军追击，兵败之后三人失联，关羽率领残部继续反"围剿"，终因寡不敌众被曹操手下名将张辽所围，张辽曾在吕布麾下效力时，与关羽有过一面之缘。于是前来劝降，关羽早已视死如归，怎可轻易委身他人？张辽以"降汉不降曹"之名劝之，答应若得刘备消息，自当放行，关羽被迫应允。要知道此时的刘备，属于"小微企业"负责人，在群雄之中，如同飞蓬草芥、丧家之犬，尚无寸土立足。

而此时的曹操，挟天子以令诸侯，帐前兵多将广人才济济，俨然上市集团的董事长，扬言要三个月消灭袁绍以统一北方。关羽降曹之后，曹操亲自为其接风洗尘，进行最高规格的全程陪护，如请关羽吃大餐、送上工作服、配上专用车（赤兔），还留下真金白银的零花钱，并让数十名美女侍奉左右。曹操引进人才的规格之高，令混迹于乱世、苟活于底层的关羽感动不已，于是签订了一份短期劳务合同，答应暂时效力于帐前。

后曹操与袁绍对阵，袁军阵前最高指挥官乃河北名将颜良，骁勇善战威震江湖，曹军将领宋宪、张辽、徐晃等均不能敌。关羽临危受命，充当急先锋，听到曹操感叹了一句"河北人马，何其雄壮"，关羽牛皮吹得很大：我看河北的军队如"土鸡瓦犬耳"、领头的颜良如"插标卖首耳"，我于"百万军中取上将首级，如探囊取物耳"。话音未落就径奔敌阵，手起刀落斩颜良于马下，曹操惊叹："将军真神人也！"

为彰其功，曹操授意"组织部长"任命关羽为汉寿亭侯。此后行走江湖，关某总以侯爵自居，好比孙猴子当过的弼马温，鄙人当过的村支书，都是职业生涯当中的第一个重要岗位，所以被格外珍视。后关羽得知刘备在袁绍军中，执意要终止合同，甚至叛变投敌，曹公虽不忍割爱，但依然兑现了当初承诺。关云长封金挂印、过五关斩六将、千里走单骑，以寻找刘皇叔下落。

大丈夫生于天地之间，谁能不慕权贵，谁能不图功名？曹操是关羽积攒了大半生的运气和人品，才遇上的贵人、能人、贤君、英雄、上市集团董事长，更何况曹公胸怀天下、礼贤下士、不拘一格，视你为知己、奉你为神人、封你为万户侯，还有什么理由背弃而去？为了当年在桃园里签下的那个不正式民事合同？为了当时还一事无成的刘玄德画饼的同富贵？这就是凡夫俗子读不懂关帝爷的地方。

再之后，曹操夺取荆州，整合水陆大军八十万，顺流而下誓吞江东。居于江夏弹丸之地的刘备，和东吴主战派周瑜，组建孙刘联军以北拒曹操。赤壁之后，曹军仓皇北顾，逃往小路华容道。此时关羽身为刘备军中主将，奉诸葛之命在此埋伏。关将军一夫当关万夫莫开，张辽上前哀求，请念他日之情，放其一马。关羽厉声道，曹公之恩，当年斩颜良、诛文丑、解白马之围已经报答过了，此次两军对阵，不可再徇私情。曹操表示，自己愿意束手就擒，只求关将军放过手下将校，他们皆追随自己多年。

呜呼,人岂能是铁石心肠?当年关羽乃败军之将,曹公不但不杀,反倒以诸侯之礼相待,即便后来明知纵虎归山,他日必会兵戎相见,但曹操依然不忘城下之约,毅然决然地放走了关羽。虽然所有封赏,关羽临行前悉数归还,曹操的大恩大德也曾在战场上报答。但当年,曹公不避微贱,对乱世之中、行伍之末的关羽,那么仁爱、那么欣赏、那么栽培,这种知遇,是人世间最珍贵的情谊。即便华容道上的关羽,已经立下了军令状,但他依然放走了曹操,哪怕为此粉身碎骨,也在所不惜。真所谓,士为知己者死,知遇之恩以死相报。

虽然后来关羽并未真死,虽然后来汉昭烈帝也雄霸一方,虽然后来关羽也位列五虎上将"董督荆州事"(荆湘之地的党政军一把手),但这些都是后话。读者不能以关羽后来的丰功伟绩,以及后世忠义化身的道德说教,来看待当初兵败降曹时的往事。

我常想,在这人世间,最让人感动的事情,莫过于他人对你才华的欣赏、对你能力的肯定、对你品德的仰慕。而这种赏识,无论是来自长辈或是晚辈,领导或是下属,男人或是女人,我们都应该回之以尊敬。被他人以知己视之,是这个世上最昂贵的礼遇。

回首过往，在残酷的成长道路上，我们曾吃不饱、穿不暖、睡不好，为了斗米折腰、为了金钱媚骨、为了侍奉权贵而俯首低眉卑躬屈膝，虽然我们曾十年寒窗、凿壁偷光、发愤读书、悬梁刺股，习得一身好武艺，但我们依然很难遇见那个在乡镇农贸市场上独具慧眼发现英雄的刘老师，那个在败军之中答应你的苛刻条件还拜你为上将军的曹老师，如韩昌黎之叹："伯乐不常有。"

相信我们此生，如果遇上了曹老师，我们一定奋不顾身地去斩颜良、诛文丑、解白马围、义释华容道；相信我们此生，如果遇上了刘老师，我们也一定会毫不犹豫地桃园结义、封金挂印、过关斩将、千里投奔，只为古城再相逢。

愿天下千里马，都可以得遇曹刘，以施展千里之能！

2021 年 5 月 12 日

于北京房山

那些年读史写史的雄心

近些年，读史热、讲史热、写史热持续发酵，戏说、穿越、架空等各种写法层出不穷，电视讲坛、古装戏剧、网络自媒体等各种平台推波助澜，让"史学热"高烧不退。

漫长的专制时期，史学的主要目的在于社会控制，于是周而复始、波澜壮阔的权谋政治，流布于史书的字里行间延绵千年，处心积虑地去展示恶、发扬恶、以恶治恶、看谁更恶，将权谋论、厚黑学、官斗剧、小人之道奉为圭臬，将争宠斗恶、阴险狠毒、勾心斗角、机关算尽视为"职场宝典"。今天市场上俯拾即是的畅销史书，但凡有关上述主题的宣扬，还请各位看官自觉疏远之。

我不是文学或史学的专业写手，但过去十年间，因深造管理学、经济学、法学等学科学位的缘故，对经济史、法制史、哲学史、文学史等专门史，倒也是勤加关照，于是产生了写些历史作品的想法，多年下来，林林总总也累积了不少。不过历史隧道里的人和事都是经纬万端，没有十年冷板凳，总怕丢人现眼贻笑大方。

其实，和那些动辄下笔万言的网络写手相比，我总以为，"通俗史"不一定比"学术史"更好写，史学大众化理应是一件严肃的事情，既要确保不戏说、不臆说，不媚俗、不随俗，有理、有据、干货多；还要具备史学、史才、史识，以及史德、史魂、史责任，并随时关照史学的社会担当、济世功用，常怀一颗良史之心。

20世纪初，有人振聋发聩地质问："中国有历史乎？"二十四史是二十四姓帝王之家族谱，是飞将军大元帅之相斫书，"指盗贼为神圣，指僭逆为天命，指野蛮为君后"（曾鲲化），哪里有社会文明史、国民进步史的容身之处。于是梁启超倡导"新史学"，要抛弃"君史"，提倡"民史"。"中国之史，长于言事；西国之史，长于言政。言事者之所重，在一朝一姓兴亡之所由，谓之君史；言政者之所重，在一城一乡教养之所起，谓之民史"（马建忠）。"新史学"的真正目的在于否定帝王专制的合法性，反对君统，拥护民统，反对专制，提倡民主。"新史学"也拉开了中国史学近代化的序幕。

随着新史学的纵深发展，近代史学产生了众多流派，许多专门史也在这样的大背景下开始效仿西洋，追寻自身的本土化与科学化，如政治史、财政史、货币史、哲学史、文学史、外交史、美术史、建筑史等支流可谓汗牛充栋，甚至囊括了甲骨史、杂技史、赌博史、娼妓史等等。中国历史从文史哲、权谋论唱主角的浑然整体，被逐步肢解为分门别类的微观单元，近代意义上的专门史也正是从这一时期发轫的。

但人类历史的发展是政治、经济、文化、社会高度融合相互渗透的历程，但凡要成就一部饱满的史书，必有多学科的共同参与，才能赋予一个时代更加立体的观感。史学研究终究不可能满足于专门史的"个体描述"，还需重新走向总体关注的"宏观叙史"。

陈黻宸认为："史学者，合一切科学而自为一科者也，无史学则一切科学不能成，无一切科学则史学亦不能成。"钱穆特别注重将政治史、经济史、社会史融为一体进行研究，"在此三者之上，则中国历史的特殊性与传统性便不难找出答案"。黄仁宇的"大历史观"仅以区区20万字勾勒数千年文明史，合经济发展与体制变革等思考于一书。这种"宏观叙史"的方法，是将众多"专门史"熔于一炉而铸成"宏观史"的写作能力，就要打好专门史的学科基础，追求高质量、高品位、理性化的史学写作。

"新史学"运动之后，西方史学注重史料，严谨考证的实证主义方法论被引入中国，对中国近代史学的转型影响极大。傅斯年断言"史料即史学"，"一分材料出一分货，十分材料出十分货，没有材料便不出货"，竭力提倡史学的客观性、科学性，要求史学家在史书中"消灭自我"，以达到"完全客观"。此后，以王国维、陈寅恪、陈垣为代表的考证学派，也认为"凡立一说，必凭证据；凡引资料，极为审慎"。

而顾颉刚为首的古史辨学派，却对以上两派引证的史实、依据、凭证持怀疑否定态度，顿时"疑古"思潮四起，各大学派在历史的故纸堆里唇枪舌剑难解难分。而各大流派论战的最大战果，就是使近代史学研究实现了脱胎换骨的科学化，但也产生一个副产品，史学研究从此走上了严肃化的高墙大院，与社会大众彻底疏离。

随着专业史书变得艰涩难懂，21世纪初，史学写作开始呈现通俗化、文学化、戏剧化的趋势，并出现了诸多网络红人，他们口若悬河、滔滔不绝、下笔万言，通过极具人性化和亲和力的写作手法，将高高在上的史学请下神坛，坐到了寻常百姓面前，注重打捞被官史遗漏的民间碎片，通过刻画小人物的宦海沉浮、爱恨情仇、市井百态，勾起普通阅读者的人生体验与心灵共鸣。

但这种追求感官愉悦的史学创作，极易滑向庸俗化、娱乐化、过度商业化的路径。从三皇五帝至光绪宣统，从民间写手到大学教授，一时间人人都是史学专家，史学泡沫、文字垃圾铺天盖地俯拾即是，并且常有引证错漏、史实讹传、裹挟旧道德和错误历史观等硬伤。

值得玩味的是，"史学热"的背后始终并存两种奇怪现象：一是通俗历史的持续热销，一是学术历史的无人问津，这说明眼前的所谓"史学热"并没有让大众真心实意地爱上历史。这就要求通俗写手和学术作家都要适时做出调整，一方面通俗写手应该努力生产更加科学化、理性化、高品质的深度好文；学术作者也应该走出学术圈子，努力构建"公共史学"的学科体系，引领大众的史学审美。

待"读史热"逐步恢复理性，大众阅读的品位逐步升级换代，那些毫无纵深感的平面文字，假以时日，必会被稍有思想的读者群所厌弃、所淘汰。为此，我精心准备着。

2016 年 5 月 29 日
于兰州大学研究生公寓

法科生遇见律师周立太

作为毕业于知名法学院，且接受过系统训练的法科生，我的老师、同学、师友中干律师这一行当的人很多，可歌可泣的人物故事也不在少数，但有一个非常特别的律师，给我的印象深刻而绵长，他叫周立太，他剽悍的人生里写满了知识改变命运。

2020年，在社科院农发所李人庆老师的引荐之下，我得以认识传奇律师周立太。如果你在网上搜索周律师的相关资料，会发现有国内外数百家媒体上千名记者，采访报道过他的事迹。这样的大咖级人物，岂是我能随便见得到的？我在忐忑中与周律师取得联系，他爽快答应见我，令我受宠若惊。

更令人感动的是，我坐高铁来到重庆市万州区，周老师早已派专车来接我，司机直接拉我去吃饭的地方，周老师亲自在饭店门口迎候，伸手就帮我拎箱背包，拉我进入屋内，几位当地的朋友已经等候多时，周老师安排我坐在主位的旁边，不断地给我倒酒夹菜。他和蔼可亲的形象，完全打消了我的顾虑，敬重之情油然而生。

为什么说周立太律师是个传奇？他于1956年生于重庆开县（今重庆市开州区）一个农民家庭，姊妹六人，他排行老二，因家里贫穷，六岁前没有穿过裤子，只有小学二年级的文化程度，基本属于文盲。1974年前往西藏当兵，主要是看守输油管道，周老师说当时的想法很简单，就是为了能吃饱饭。1978年回家务农，恰逢改革开放，他加入了中国第一批农民工的队伍，于1980年前往湖南省安乡县的一家砖瓦厂打工，其间受一部电影的影响，开始自学法律知识。

一个砖瓦工居然想当律师，这是怎样的天方夜谭？他不仅要钻研晦涩的法律书籍，还要徒步20里地去县法院旁听案件审理。经过五六年的积累，1986年全国举行第一次律师资格统一考试，他踌躇满志地报了名，居然以252分通过考试，获取律师资格。看到媒体写他的这些经历，总是一笔带过，但我想说的是，透过故事的背后，你是否看到一个与命运顽强抗争的青年，在岁月深处孤独地挑灯读书的情景。他的优秀品质，令我这样一个有法律专业背景的博士，都感到惭愧。

周立太律师究竟为中国法治进程作出了什么贡献？开县（今重庆市开州区）人口达到 165 万，外出务工人数在 50 万以上，老乡们的权益受到损害，就找周律师来咨询，慢慢地，他开始踏上帮助农民工维权之路。

1996 年，开县农民工徐昌文夫妇，在深圳龙岗区一家公司打工，下班途中发生交通事故，导致夫妇双亡，周律师受徐昌文父亲委托，历时两年打赢了官司，除获得交通事故赔偿外，还得到了工伤赔偿，创造了全国因交通事故引发工伤双赔的第一案。此后，四川籍农民工彭刚中，在深圳宝安区打工时，被机器轧断了一只手，当时深圳地区断一只手的工伤赔偿只有 33101.25元，在周律师的努力之下，最终获赔 17.8 万元，并且开创了假肢更换费一次性支付的先例，为广东乃至全国工伤保险立法起到了历史性的推动作用。1998 年，湖南籍农民工陈用刚，在深圳市南山区打工时，右上臂被机器轧断，但厂方并没有为陈购买过工伤保险，法院判决赔偿一次性伤残补助 30 余万元，但厂方为了躲避债务，故意将工厂注销，在周律师的努力之下，陈用刚申请社保局先行垫付，得到法院的支持，该案为后来全国人大制定《社会保险法》的先行支付制度创造了先例。

从1996年至今，周律师共代理各类农民工维权案例18000多件，主要包括工伤赔偿、追讨欠薪、行政诉讼等，胜诉率达到90%，为他赢得了"周青天""农民工保护神"等美誉。他倾注数十年关注弱势群体，在国内外引起了强烈的反响，中央电视台、中央广播电台、凤凰卫视，《人民日报》《南方周末》，新华社、华新社，《华盛顿邮报》《纽约时报》，美联社、路透社等国内外200余家新闻媒体对其做过大量报道。2005年，他应邀前往美国国务院、联邦最高法院、劳动部、工会等交流访问，并走上耶鲁大学、斯坦福大学、哥伦比亚大学、哈佛大学等高等学府的讲坛，用一口重庆普通话发表中国声音，受到高度赞扬和好评。社会学界将他称之为"周立太现象"。

1999年的一份《南方周末》，在头版头条中写道："1998年，深圳市工伤鉴定人数12189人，其中90%以上为断指、断掌或断臂，工伤死亡人数80多人，平均每天有31人工伤致残，每4天半有1人工伤死亡。"周老师说："周立太现象，是一个不正常的时代，造就的一个不正常现象，但愿这个时代早日过去。"当然，这也是崛起的深圳乃至中国，必须承受的残酷教训。随着技术的革新，以及法制的健全，农民工工伤案件在大幅度减少，周老师说："这不是丑事，这是发展中的必然产物，是社会进步的表现。"

现在，周律师回到重庆老家办了一家档案馆，整理了过去几十年间，他代理过的农民工维权案件1万多卷，一个案卷一个故事，反映中国改革开放以来劳动者权益的现状，维权意识的提高，和相关立法的进步。这个档案馆也是中国改革开放40年来，法制进步与时代发展的一个缩影。

周老师说，"总想给后人留点有价值的东西，别人感不感兴趣不重要，他对得起农民工、对得起社会、对得起时代"。我相信，无论时代如何变幻，周立太律师的成长与成就，都应该被中国法律界所铭记。

2020 年 12 月 29 日

于北京房山

与诗人陈年喜聊非虚构写作

　　我其实不太懂文学，也不是文学圈子里的人，认识的作家或诗人朋友并不多，陈年喜算个例外。

　　他在火遍大江南北之前，曾是陕西省丹凤县的一个农民，高中毕业之后的陈年喜在家务农多年。1999年，29岁的他迫于生计来到河南灵宝金矿打工，起初因缺乏技能只能做拉渣工，后来跟矿上的老师傅学习了爆破，逐渐成为一名技术纯熟的巷道爆破工，浪迹于大江南北的各类矿山长达16年。

　　这一高危工种并没有为他带来预期的丰厚回报，累月经年倒是积攒了一身的职业病，颈椎错位、右耳失聪、满身风湿、一腔尘肺，让他逐渐丧失了劳动能力。2020年前后，天命之年的陈年喜，终于回到他心心念念的商山脚下和亲人身旁。在飞速发展的中国，这样的人生其实并不鲜见。但他的故事并没有止步于此，他在写作上达到的高度，令很多职业写手都望尘莫及。他说"再低微的骨头里也有江河""即使卑微如尘也要热烈活着"。

2020年的冬天，我在延安火车站第一次见到陈年喜，只见他身材魁梧、满头银发、气宇不凡。我们在火车上、小酒馆、旅店里聊了很多，那种内心深处的无助、跌宕、颠沛流离，令两个年龄相差甚远的陌生人一见如故。

我们彼此交换了作品，我送了他一本尚未出版的《基层干部读水浒》，他回赠我的是那本负有盛名的诗集《炸裂志》，其中的一些篇章早已在互联网上广为传唱。作者本人获得过2016年首届年度桂冠工人诗人大奖，他还应邀前往哈佛大学、耶鲁大学、哥伦比亚大学演讲，被《人民日报》《南方周末》《智族GQ》等媒体重磅报道。

我一宿未眠将其读完，书中写道："我不大敢看自己的生活／它坚硬炫黑／有风镐的锐角／石头碰一碰就会流血／我在五千米深处打发中年／我把岩层一次次炸裂／借此把一生重新组合。"他没有接受过专业的艺术修炼，创作完全是基于生命体验的自觉，粗粝、震撼、不浮浪、不矫饰，直击人心。

你能想见，在几千米深的隧洞里，他怀抱着暴跳如雷的风钻机，"连人带剑舞成一团白光"，粉尘遮天蔽日、噪声震耳欲聋，数月成年，直到青丝变成白发。他写下的每一个文字，都如同钻下来的一粒金子，是如此艰苦费力而又熠熠生辉。我相信他沿着这个"矿脉"不停地掘进，一定会获得比黄金更昂贵的回报。

分别后的一年时间里，陈年喜先后出版了两本非虚构作品集《活着就是冲天一喊》和《微尘》，这两本书刚一亮相，就冲上了各类畅销书的排行榜，一时间名声大噪，洛阳纸贵。他给我邮寄了两本，我对文字向来是很挑剔的，但陈年喜的书，真的是需要我们这些坐在大都市的咖啡馆、写字楼、图书馆里的人们，静下心来好好读一读的。

在此之前，我还没有看到过哪本作品，能如此真实地呈现大地数千米之下矿工群体的悲怆命运。"如果不是亲历，你一辈子也无法想象矿洞的模样，它高不过一米七八、宽不过一米四五，而深度常达千米万米，内部布满子洞、天井、斜井、空采场，如同一座巨大的迷宫，黑暗、恐怖、危险、潮湿""而巷道爆破可能是世界上最危险的工种之一，总是和雷管、炸药、死神纠缠在一起""不同洞口出发的巷道在山体里交错、相会，各奔前程，组成了一片巨大的地下世界。这个世界里布满了黄金、机器、汗水与生死""一千五百米深的地心世界的闷热，人仿佛处在一个密闭的蒸锅里。铁轨在这里四通八达，矿车在这里来来往往，推矿车的人一律赤身裸体，一丝不挂，只有脚上穿着雨鞋"。

这两本书里，陈年喜再现了自己十几年来因开矿而走过的不毛之地，踏遍秦岭、天山、祁连山、长白山、阿尔泰山、萨尔托海、大兴安岭，见识过无数生死，领略过无数奇风异景。书中讲述了许多曾经和他一起出生入死的矿工朋友的故事，如王二、德成、小渣子、哈拉汗、周大明、表弟余海等，许多人都因矿难或职业病而英年早逝埋骨他乡，空留下作者一人早生华发，独坐在荒野里和夕阳下，回忆那半生的漂泊与动荡。书中没有切齿的痛、蚀骨的悲，只有硝烟散去后的沉默与无迹。他在诗中说："我想让你绕过书本看看人间，又怕你真的看清。"这两本书值得你认真翻开，在我们与生活缠斗的每一个艰难时刻。

陈年喜的故事是一面镜子，与他的多次交流，也勾起我作为一个职业学者的许多反思。估计我的许多研究性写作，除了自己之外很少会有别的人愿意去看，追求学术上的程序和范式令人意兴阑珊。当然，这除了我自身智慧与技能的欠缺之外，更重要的是，我总怀抱着一些貌似与学术"无关"的理想，如致力于探索"学术与大众的深度沟通""寻求学术写作回应现实问题的能力"等。这些问题要说起来真是非常复杂，涉及学术作品的生产者、生产方式、成果评价等体制性问题，无法在此展开赘述。但这注定了我的徒劳。

直到非虚构写作进入我的视野。广义而言，在小说、戏剧、诗歌等"虚构"作品之外的一切以现实元素为背景的写作，如散文、传记、纪实文学、调查报告、学术专著等都可以涵盖在非虚构写作之中。这个概念，最早可以追溯到20世纪五六十年代。1966年美国作家杜鲁门·卡波特发表的罪案调查作品《冷血》，诺曼·梅勒记录反越战示威活动的《夜幕下的大军》等都是经典代表。2015年，诺贝尔文学奖授予白俄罗斯作家S.A阿列克谢耶维奇，表彰她调查核电站泄漏事故的《切尔诺贝利的悲鸣》等作品，使非虚构写作进入主流视野。

我国非虚构写作的勃兴，主要是近十年以来的事情。随着互联网和新媒体的兴起，写作者和阅读者之间的边界消融坍塌，叙事主体不再局限于作家、记者、学者，迅速实现了平民化，普通人纷纷提起笔杆子成为内容生产者。非虚构写作最大的社会意义在于，动员社会大众参与时代的记录，记录社会各行各业的普通人物和群体，共同进行人类社会集体记忆的构建。这样的非虚构写作，可以记录下更加丰富多彩的社会，积累更加宽广和深刻的时代草稿。

但是非虚构写作经过多年的发展，似乎并没有真正突破"知识分子"的局限，除了记者、作家、学者之外，还包括医生、律师、教师、艺术家等具备一定专业知识的群体。据刘战伟等人相关抽样调查结果显示，优质非虚构内容的提供者中，学中文的占 30.56%、学新闻的占 28.70%，社会学、法学、经济学、艺术学等专业均有一定比例，且 33.33% 的主体常住地在北京。

有人将非虚构写作的从业者划分为三大类：一是以"作家"为代表的从事纯粹的纪实文学写作的人，二是拥有"记者"背景的媒体领域的从业者，三是职业"学者"从事社会学等方面的调查报告。我觉得这种划分方式依然没有跳出知识分子的局限，将广大民间写手和记录者排除在外。像陈年喜这样的作者，他不是通过调研别人来获取素材的积累，他自身就是他的写作对象，自己完成了对自己的"目击"，实现了自我展示的艺术化写作过程。所以，他最是常见，他也最是难能可贵。

我觉得非虚构写作的魅力主要体现在以下两个方面：

一是写作对象是真实社会。相比于纯粹的虚构文学或学术研究，它要求写作者必须"在场"而不是"隐身"，具备"介入性"和"沉浸式"的姿态，格外强调写作者的"行动力"，要通过田野调查、实地采访等身临其境的研究方法，来呈现社会本身。这与学院派所追求的精致、雅驯的论证过程完全不同，写作者在文本中的位置发生了根本性的变化。某种意义上说，非虚构是一种精神，我们的写作，是为了写出人类的存在状态。

二是写作与社会的积极互动。非虚构写作，往往是从一个小切口入手，去展现大时代背景下的公共问题。写作者必须不停地、真实地、广泛地与社会发生互动，才有可能生产出真正的"问题"，即微观上指向的是个体的亲历和体验，而宏观上则要求对社会现实进行思考和观照。这就要求写作者在"个体性"与"公共性"之间、在"可读性"和"深刻性"之间找到最佳的平衡点。其实跨学科是"非虚构"的内在要求，且不光是文学和新闻学的事情，更是社会学、人类学、法学、经济学等众多学科的发展需求，只有这样才能更加立体地呈现时代记忆，并寻求解决途径。

至此，我认为，陈年喜的写作与其说是方法论上的创新，不如说是方法论上的回归，即"让写作回归了常识"，这种写作不是"由外向内"地去"俯视"别人的生活，而是"由内向外"地去"演绎"真实的自己。

2021 年 10 月 18 日

于北京房山

与高考学子谈草业科学专业

近日高考学子填报志愿，不少朋友询问我草业专业的冷热与前景。我本是草业专业毕业，现为兰州大学草地农业科技学院教员，理应给出较权威解答，不料竟一时语塞，该从何说起？

1950 年，国立中央大学畜牧系（今南京农业大学）主任王栋先生，在他的《牧草学通论》的扉页上引用了西方一句农谚"肉皆是草"。当时，配方饲料与饲料工业尚未出现，猪禽等杂食动物的饲料来源中，还有不少草料成分。而今天的猪禽养殖，已经完全变成了以饲喂玉米和大豆等作物籽实及其产品为主的"耗粮型"畜牧业了。不过，奶类、牛肉、羊肉等草食畜产品，都是由草转化而来的，其生产过程可以统称为"草食性"畜牧业或"节粮型"畜牧业。

那么，至少可以认为"奶皆是草"，因猪禽不产奶，而主流的牛奶，包括牦牛奶、水牛奶等，以及非主流的羊奶、马奶、骆驼奶等，都是草食畜牧产品。令人奇怪的是，在一个人人饮奶的时代，世人却"只知道有奶，不知道有草"。没有草业科学的强力支撑，必然没有奶业的高质量发展。近年来，国产奶源市场份额下降与消费市场日益扩大形成了反差。而国内奶业竞争力不强，多缘于国内饲草价格过高、品质不优、产量不足，这成为现代化奶牛养殖的瓶颈。

除了奶业之外，牛肉、羊肉等草食畜牧产品，在我国呈现快速增长的态势。随着城镇化率和人均收入的双向提高，人们餐桌上的猪肉、禽肉比例在缓慢下降，而对牛肉、羊肉等多元化肉类的需求，已经持续增长。殊不知，牛羊肉要走下奢侈品的神台，进入寻常百姓的餐桌，以较低价格形成对猪禽肉的替代，必须有赖于饲草产业的强盛，以快速降低牛羊养殖成本，提高草食畜牧业产能。

加之近年国际形势风云突变，粮食安全进入紧要窗口期。显见的是，"粮食安全"的关键在于"饲料粮安全"，在于猪禽等耗粮型畜牧业比重过大，而牛羊肉等草食畜牧产品的消费量低于世界平均水平。所以，粮食安全不光是技术"卡脖子"，更重要的是农业的结构性与系统性失调。草业具有四个生产层：前植物生产层、植物生产层、动物生产层和后生物生产层（草畜产品加工、流通等）。它们是现代农业的四个轮子，只有四个轮子一齐和谐转动，才能满足社会对草食动物急迫需求与耗粮畜禽适量发展。这就必须以农业结构调整为突破口，提升草食畜生产的比重。一言以蔽之，关键还要看草业。

说到这里，文章开头的问题或已有了答案。草业科学专业所具有的广阔前景，并不是因为我的屁股坐在了草地农业科技学院的板凳上。

中学生朋友们还需要知悉的是，草业作为朝阳产业，草业科学作为朝阳专业，又绝不是个新兴学科，它是有悠久历史渊源的古老而又年轻的学科，任继周和南志标两位院士对此有许多阐述。自新中国成立前，王栋先生在国立中央大学教授牧草学；到新中国成立后，任继周先生在兰州建成中国草业科学人才集散地，现代草业科学诞生，历时近一个世纪。该学科经历了牧草学、草原学、草业科学等多次迭代；农、林、草、畜、生态深度融合的应用场景，遍及东西南北所有省份；有了学科和人才队伍支撑，草业现代化已初具规模。第一代"草人""牛人""羊人"已经打下了坚实基础，后来者不再是拓荒者，而是"借得青翼上青天"。

任继周先生多年前曾表示，草地农业的实现"需要大决心、大魄力，再加上大耐心"。其实，在新近的政策文件中，已经对饲草产业、草食畜牧业等进行了专门的顶层设计，已经对老一辈草业人的建设性意见逐步采纳，说明共识已现蓓蕾。当然在实践端还要破除很多体制机制的障碍，以及应对认知层面的诸多分歧。但我们新一代"草人"应该更加乐观，相信草业的未来已来。

农业、林业、草业，是大农业三大基本形式。曾有不少网友写信问我："草学是不是个书法专业？"让我忍俊不禁，但愿这样的问题，不会在农业强国的道路上反复出现。

2023 年 7 月 4 日

于兰州芨草间

后 记

在此之前，有不少朋友来信，寻看我的文学作品。很遗憾，我至今没有出版过文学类著作。直到遇见读者出版社社长王先孟先生，才有了这样的一个机缘，促成了这本小书。

我的职业是一名学者，曾以极度的曲折和焦虑，做着这件十几年来未有起色的工作。反倒是利用碎片化时间，胡乱读些闲书，随意写些感悟，不赶进度，不受鞭策，也无诱惑，完全自由生长。这种不务正业的无心之举，竟然产生了意想不到的收获。

作为一个业余写作者，我其实是非常幸运的，尤其是和我那糟心的学术之路相比。2016年，我28岁那年，出版了处女作《祁村奋斗：一个村支书的中国梦》，这是一本乡村题材的论文集，在那个争取学位的年纪，我还没法平心静气地去写文学作品，但依然被不少读者错爱，而得以进入公众的视线。

后来，我利用业余时间，无心插柳般地写些随笔。2022 年博士毕业那年，我的博士致谢《可怜无数山》和毕业典礼发言《以最卑微的梦》发布后，被几十家媒体采访、报道、点评，全网关注度超过百万。这一年，是我随笔创作的一个小高峰和分水岭。

2022 年那个酷热的夏天，我还在北京找工作，接到一个来自老家甘肃的素不相识的电话，是读者出版社的社长王先孟先生，他说要为我做一本书。社长亲自约稿的事情，我还是头一回见到，后来发现，作为身先士卒的工作狂，这是他的常态。

为此，我将以前的博客、QQ 空间、校内网，以及公众号里，能查到的旧文章搜罗到一起。这些散落各处的随笔，仿佛二十年里的成长足迹，主题、体裁、内容凌乱不堪，质量参差不齐，要整理到一本书里，实非易事，于是就放慢了。

后来我回到兰州工作，得以与王社长见面交流，并在他的鼓励和督促之下，我才有勇气完成这本小书。我一读再读，那些散落在时光里的生命碎片、日月流年被拼凑到了一起，感慨自己的青春就如这本太仓促的书。

我非文学出身，没有接受过写作训练，文字并没有那么好。我所讲述的世界，荒凉、僻远、与人无涉，也不值得被这个时代在意。是那些与之共鸣的朋友，让我以始料未及的方式，进入了如此宽广辽阔的人间。

赵安之

2024 年 7 月 20 日于兰州大学